诗话浙江·台州

文采说台州

丛书编写组 编

浙江古籍出版社

编纂指导工作委员会

主　任：赵　承

副主任：来颖杰　虞汉胤

成　员：（按姓氏笔画排序）

丁如兴　邓　崴　申中华　叶伯军　叶国斌
吕伟强　刘中华　芮　宏　张东和　金　彦
施艾珠　黄海峰　程为民　潘军明

专家指导委员会

主　任：陈尚君

成　员：（按姓氏笔画排序）

吴　蓓　尚佐文　陶　然　葛永海

本册编写人员（按姓氏笔画排序）

张密珍　林大岳　徐媛苹

总　序

　　中国诗歌源远流长，姿态丰盈，溯其初始，皆以《诗三百》为中原之代表，以《楚辞》为南方的代表，浙江偏处东南，似皆无预。其实，万年上山遗址被誉为"远古中华第一村"，良渚遗址是实证中华五千多年文明史的圣地，越州禹庙的存在，知古越人对以编户齐民到三皇五帝传说之形成，也不遑多让。越地保存的《弹歌》："断竹，续竹；飞土，逐宍。"记录初始人民与百兽竞逐的生存状态，有可能是中国保存最早的古诗。而时代不晚于战国的《越人歌》，以"山有木兮木有枝，心说君兮君不知"的天籁之音，表达古越人两心相悦、倾情诉述的真意。从南朝时期的《阿子歌》《钱唐苏小歌》中，还能体会到古越民歌这种明丽之声的赓续和弘传。

　　秦并六国，天下设郡，会稽郡为三十六郡之一，也为越地州郡之始。到有唐一代，今浙江境内设有十州，虽历代区划皆有调整，省境规模大致底定。十一市的格局虽确定于晚近，但各市历史上无论称郡称州称府，无不文明昌盛，文士群出，文化发达，存诗浩瀚。就浙江在中华文化版图中日显昭著的地位而言，我们可以提到几个很特殊的时期。一是西晋末永嘉南渡，大批中原士族客居江南，侨居越中，越中山水秀丽，跃然于文化精英的笔端："千岩竞秀，万壑争流，草木蒙笼其上，若云兴霞蔚。"山阴道上，剡溪沿流，留下大量珍贵记录。南北对峙，南朝绵续，越地经济发展，景观也广为世知。二为唐代安史乱后，士人南奔，实现南北文化的再度融合。中唐伟大诗人白居易、韩愈、柳宗元、刘禹锡皆出身于北方文化世家，但出生或成长在江南。浙江东西道之设置将今苏南、浙江之地分为两道，其文化昌盛、诗歌丰富，已不逊于中原京洛一带。三是唐末大乱，钱镠祖孙三代割据吴越十四州，出身底层而向往士族文化，深明以小事大之旨，安定近百年，不仅使其家族成为千年不败、人才辈出的文化世家，也为吴越文化造就无数人才。四是靖康之变，宋室南渡，定都临安即今杭州，更使浙江成为全国的政治经济文化中心。此后九百年，浙江在全国举足轻重的地位，历经江山鼎革，人事迁变，始终没有动摇。

浙江人杰地灵，文化繁荣，山水奇秀，集中体现在每一时代、每一州郡，皆曾出现过一流人物，不朽著作，杰出诗篇。"诗话浙江"的编著，即以省内十一市域各为单元，选编历代最著名的诗篇，以在地的立场，重视本籍诗人，也不忽略游宦客居之他籍人士，务求反映本土之风光人情，家国情怀，文化地标，亲历事变，传达省情乡情，激发文化自信，培养乡土情怀，增进地方建设。

唐人元稹有"天下风光数会稽"（《寄乐天》）之句，引申说天下山水数浙江，应该不会有人反对。东晋孙绰《游天台山赋》以全景式的鸟瞰写出天台山之俊奇雄秀，王羲之约集家人朋友高会兰亭，借山水寄慨，是越中诗赋写山水之杰作。广泛游历，寄情山水，留下众多诗篇的刘宋大诗人谢灵运，以诗作为山水赋予了灵魂。本套丛书中杭州、绍兴、台州、温州、丽水、金华诸册，皆收有谢诗，如"林壑敛暝色，云霞收夕霏"之绚烂，"白云抱幽石，绿篠媚清涟"之妩媚，"明月在云间，迢迢不可得"之企羡，"池塘生春草，园柳变鸣禽"之惊喜，"乱流趋正绝，孤屿媚中川"之特写，"石浅水潺湲，日落山照曜"之素描，"崖倾光难留，林深响易奔"之观察，无不在瑰丽山川描摹中投入自己的真实情感，开创了山水诗的无数法门。此后的历代诗人，无论名气大小，游历深浅，无不步武谢诗，传达独到的观察与体悟，留下不朽的诗篇。

浙江各市皆有标志性的名山秀水，且因历代官民之开拓建设，历代文人之歌咏加持，而得名重天下。以旧州名言，台州得名于天台山；明州得名于四明山；处州本名括州，因括苍山得名，避唐德宗名而改；湖州得名于太湖。南湖烟雨，孕育出以朱彝尊为代表的浙西词派。西湖名重天下，离不开白居易和苏轼两位大诗人任职时的建设疏浚，更因他们写下无数脍炙人口的名篇而广为世人所知。有些名山云深道险，如雁荡山，弘传最有功者为唐末诗僧贯休，以兰溪人而得广涉东瓯名山，"雁荡经行云漠漠，龙湫宴坐雨蒙蒙"（《诺矩罗赞》）二句极其传神，此后方为世重。类似例子还有很多，读者可从全套丛书中细心阅读，会心感悟。

其实，山灵水秀触发了诗人的灵感，诗人的名篇也促使了人文景观的升华。兰亭是众所瞩目的名胜，还可以举几个特别的例子。南朝诗人沈约出任东阳太守期间，在金华建玄畅楼，常登楼观景抒情，更特别的是他还写了与楼相关的八首抒情长诗，世称《八咏诗》，名重天下，后人更将玄畅楼改名八咏楼，成为有名的故事。衢州烂柯山又名石桥山、石室山，因南朝任昉《述异记》云东晋王质入山砍柴迷路，遇二童子对弈，着迷而耽搁许久，欲归而发现斧柄已烂，从此有烂柯之名，且因此而成为围棋仙地。缙云仙都山以鼎湖峰最为著名，因其拔地而起高达一百七十多米的石柱而备受关注，传为黄帝置鼎炼丹或飞升处而知名，更成为国内著名的黄帝祭祀地，历代相关诗歌也很多。在历代诗人的共同努力下，浙江各市皆形成了有全国重大影响的山水名区与文化地标。近年在国内外有重大影响的浙东唐诗之路，借用唐代诗人宋之问《题杭州天竺寺》"待入天台路，看予度石桥"所言，即其起点是杭州（也有说法具体到渔浦潭），东行经绍兴、上虞，至剡溪经新昌、嵊州，目的地是天台山，沿途著名景点有镜湖、曹娥庙、大佛寺、天姥山、沃洲山、石梁飞瀑、国清寺等。六朝至唐的另一条诗路，则是从杭州溯钱江而上，经富阳、桐庐、兰溪、金华、丽水、青田而到温州，沿途名区也不胜枚举。近年经学者研究，唐诗之路其实遍布浙江的各个由水路和陆路形成的人文景观，在古迹复原、石刻调查、摩崖寻拓、驿路搜索等方面，都有许多新的发现，在此不能一一叙述。

浙江民风淳朴，勤劳奋发，但也有慷慨悲歌、报仇雪耻的另一面。春秋时代的吴越相争，槜李之战就发生在今嘉兴。后越王勾践在国破家亡之际，忍辱负重，卧薪尝胆，终得复国。浙江历代无数仁人志士，为国家民族生存，为乡邦安宁发展，曾做过许多可歌可泣的努力。舟山在浙江偏处边隅，有两段往事尤可称诵。一是南宋初金人南侵，宋高宗避地舟山，在海上漂泊数月，方得保存国脉。二是明清易代，浙东抗清武装退居海上，张煌言以身许国，以舟山为重要支点，坚持斗争，所作《翁洲行》倾诉了满腔爱国激情。同时陈子龙、顾炎武都有声援诗作。吴伟业所作《勾章行》写鲁王元妃的以身殉国，也可见其情怀所系。近代中国剧变，浙江受冲击尤剧，本书收入龚自珍、左宗棠、郭嵩焘、蔡元培、秋瑾、鲁迅等人诗作，分别可以看到有识之士在世变中对自改革的呼吁、守卫国家领土的努力、放眼看世界的鸿识、反抗清王朝的革命，以及创造新文化的勇气。虽然人非皆浙籍，诗或因他故，他们的功绩是应该记取的。

　　浙江海岸线漫长，自古即多良港，由于洋流的原因，日本遣唐使和学问僧多以越、明、台、温四州为到达和返国之地。名僧最澄、空海、圆仁、圆珍都在诸州广交友人，广参名僧，访求典籍，体悟佛法，归国后分别弘传天台宗和真言宗（空海在长安得法于青龙义操），写就中日文化交流的重要一笔。圆珍在中国的授法僧清观，曾寄诗圆珍，有"叡山新月冷，台峤古风清"（全篇不存）二句，传达中日佛教界的血脉亲情。宋元之间的一山一宁、无学祖元，再度东渡，在日本弘传临济禅法。至于儒学东传，特别要说到明清之际的朱之瑜（舜水），在长期抗清斗争失败后，他东渡日本，受到江户幕府的热忱接纳，开创水户学派，弘扬尊王攘夷的学说，成为日本后来明治维新的重要思想资源。至于宁波开埠以后西学的传入，也可从许多诗作中得到启示。

至于浙江对中国学术文化的贡献，可讲者太多，大多也可在本套丛书中读到。先从天台山说起。佛教天台宗创始于陈隋之际的智者大师智𫖮，其辨教思想与天台法理，皆使佛教中国化达到了空前高度。数传而不衰，更在日本发扬光大。天台道教则以桐柏宫为最显，司马承祯为宗师，与茅山、龙虎山并峙为江南三重镇。缙云道士杜光庭避乱入蜀，整理道藏，贡献巨大。寒山是天台的游僧，他书写于山岩石壁上的悟道喻世诗作，由道士徐灵府整理成集，流传不衰，并在现代欧美产生广泛影响。道士而为僧人整理遗篇，恰是三教和合的佳话。至于宋末元初三大家王应麟、胡三省、马端临，皆生长著述于浙东，而清初三大启蒙思想家中的黄宗羲也是浙人。黄宗羲子黄百家，更是中国弘传哥白尼日心学说之第一人。更应说到宋陆九渊、明王守仁倡导的儒家心学一派，明末影响巨大，至今仍受广泛注意。至于朱子后学如慈湖杨简、东发黄震，亦曾名重一时。本套丛书以介绍诗词为主，于学术文化亦颇有涉及，读者可加以关注。

浙江物产丰饶，各市县乡镇都有各自的特产与名品。如果举其大端，则为茶、绸、果、笋。茶圣陆羽是今湖北天门人，但他成名则在今湖州与江苏常州共有的顾渚茶山。陆羽不仅致力于茶的采摘与制作工序，更讲究茶的烹煮和水的选择，曾设计组合茶具套装。陆羽存诗不多，但湖州历代咏其茶艺之诗络绎不绝。白居易《缭绫》写越州所贡罗绡纨绮，有"应似天台山上月明前，四十五尺瀑布泉"的描述，进而质问："织者何人衣者谁？越溪寒女汉宫姬。"直至近代，湖丝、杭绸一直广销世界。浙江果蔬丰富，如余姚杨梅、黄岩蜜橘、嘉兴槜李、湖州莲子、绍兴荷藕，皆令人齿颊生津，品唊称快。竹林遍布浙江，既可采以制作器具，又可食其初笋而得天然美味。宋初僧赞宁撰《笋谱》，主要采样于天目山笋。古代文人以竹取其高雅，食笋更见其清新出俗，在诗中也多有表达。

本套丛书由中共浙江省委宣传部策划指导，十一个市委宣传部组织编写，由浙江古籍出版社出版。各市对地方文献及历代诗歌皆有长期积累与研究，故能在较快时间内完成书稿，数度改易增删，以期保证质量。然而从浙江历代浩瀚的典籍中选取为一般读者喜闻乐见的作品，叙述作者生平事迹，准确录文并解释，深入浅出地品赏分析，实在不是一件很容易的事情。出版社邀请省内专家审稿，提出问题疑点，纠正传本讹脱，皆已殚尽心力。比如明唐胄的《衢州石塘橘》诗中"画舫万笼燕与魏"，与下句"青林千顷鹿和狮"比读，初以为指牡丹，但"燕"字无着落，经反复查证，方知"燕与魏"指燕文侯、魏文帝关于柑橘的两个典故。再如文天祥经温州所写诗，通行本作"暗度中兴第二碑"，中兴碑当然指湖南浯溪颜真卿书元结《大唐中兴颂》，然"暗度"该作何解？经查明刻本《文山先生全集》收的《指南录》作"暗读"，诗意豁然明朗，即文天祥在人生最困难的时刻，仍然没有放弃奋斗的目标，希望大宋再度中兴。

  我们深知，作者与编辑发现并妥善解决的疑点，只是众多存疑难决问题中的一部分。整套书希望给读者提供一份浙江各地诗词的丰盛大餐，但烹制难以尽善尽美，肯定还有不足之处，敬俟读者批评指正，以期后续修订完善。

陈尚君

2024 年 11 月

前　言

自从晋人孙绰掷地有声的《游天台山赋》横空出世，被誉为"山岳神秀""灵仙窟宅"的台州山水便成了万千诗人魂牵梦萦的地方，其"穷山海之瑰富，尽人神之壮丽"的美不断化为历代诗家吟咏不绝的诗章。千载以下，此唱彼和，历代骚人雅士，以风流蕴藉之才，写金章玉句之诗，却总也写不尽台州的奇秀之景、山海之魄、奋拔之劲和坚韧之气。

台州是诗人修心壮游、修道礼佛、山林隐逸的"顶流打卡地"，也是"浙东唐诗之路"与"海上丝绸之路"交汇点上的耀眼明珠，历代吟咏台州的诗词百卉千葩、汗牛充栋。自从孙绰、谢灵运等名士登临天台，留下绝唱，开百代风气之先，历代文人墨客、高僧妙道便将台州视为"诗和远方"。他们或秘境探幽，或访仙问道，或礼佛禅修，将"台岳""丹丘""台岭""灵溪""石桥""赤城霞起""瀑布飞流""临海峤"等意象和典故运用得出神入化，为台州诗歌文化留下锦绣篇章。

唐宋时期，台州名满天下，"一座天台山，半部全唐诗"，诗界顶流骆宾王、孟浩然、李白、杜甫、白居易、贾岛、杜牧、范仲淹、欧阳修、王安石、苏轼、王十朋、陆游、范成大、杨万里、朱熹、文天祥等，一起抒写了诗路上的台州风华，吟哦成众多烂若披锦的诗词，塑造了诗界顶级的"乡愁"之地。据统计，录入

《全唐诗》的两千两百余名诗人中，有超过四百名诗人行至台州，写下一千三百余首壮丽诗篇，展现了中国诗人追寻神秀境界的自由与浪漫。本土诗人也层出不穷，寒山诗被称为"东方智慧惊艳于西方的典范、台州故事走向世界的一座高峰"，词人陈克被文史学家李慈铭推为"浙江第一词人"，江湖诗派的代表人物戴复古"以诗鸣东南半天下"。

元明清以后，台州不仅是理想的"梦游"之地，也是"英雄之地""气节之乡"，方孝孺、王叔英、戚继光、陈函辉的气节之章，与李孝光、刘基、李东阳、王守仁、李梦阳、王世贞、汤显祖、黄宗羲、袁枚、阮元等诗人的山水行吟，自然景观与人文精神交相辉映，闪耀诗歌史的星空。千百年来，台州诗歌一脉相承的始终是东南山水的精魂、诗歌精神的桃源。

台州作为"灵仙窟宅"，令成千上万的诗人痴迷。登临者，飘飘欲仙，李白"石桥如可度，携手弄云烟"的浪漫之气，韦应物"自与幽人期，逍遥竟朝夕"的潇洒之举，都令无数文人沉醉不已。皎然"海上仙山""石桥琪树"的由衷赞叹，孟浩然"问我今何适，天台访石桥"之迫不及待，刘希夷"醉罢卧明月，乘梦游天台"的朝思暮想，李频"见说海西隅，山川与俗殊。宦游如不到，仙分即应无"的无比艳羡，都令后来者心向往之。

台州也是文人心灵栖居的桃源，文人墨客将其视为隐身修炼的理想之境。杜甫虽没到过台州，但"台州地阔海冥冥，云水长和岛屿青"的想象却给了读者另一种栖居的遐想；刘长卿觉得这里"山城别是武陵源",是理想的隐居地;司马承祯"桐柏山头去不归",把天台当成了修心之所,渴望在此修仙得道。由栖居而发自内心地赞美,寒山子高喊"雄雄镇世界,天台名独超"的真情"告白",周必大一顿"山川迥别。赤城自古雄东越。钟英储秀簪绅列"的极口项斯,都让诗路上的台州更加魅力无穷。

宋室南渡之后,台州经济发达,人文鼎盛,号称"东南邹鲁""浙中乐郊",切切实实地让更多至此寓居、游览、任职的诗人感受到江南山海的壮丽与静秀,从而呈现出另一种风景。这里是戴复古"好山无数在江南"的江南,是洪适"此心无日不江南"的江南,江南的台州,满满的文采风流。台州成为"名邦辅郡",地位发生了变化,"岩峤台岳镇东陬,地近行都委寄优"(李长民);经济日益发达,"七州浙江东,此邦亦蕃庶"(孙应时);人烟很是繁密,"顷年登临赤城里,江绕城中万家市"(楼钥);文人汇聚,光侨寓的宰辅就多达九人,"一时文采说台州"(洪适),是空前的兴盛。随着中原文化的注入,台州的文化日见其正大气象,方孝孺以身为台州人为荣,因为"天台赤城此磅礴,间气往往生英雄",他没想到,他自己日后会成为"台州式硬气"的代表;就连无名的东湖樵夫,也有"一言大义明霄汉,万死余生直草菅"(王士性)的壮举;台州从此成为"朱子传经地,樵夫殉节乡"(谭纶),"天台山秀古多贤"(杨万里)也日渐实至名归。

台州的风物也开始受追捧,从唐代武元衡沉醉于"烟林繁橘柚"的小清新,到明代欧大任赞叹"包橘出村犹越贡"的名场面;

从唐代齐己"禅家何物赠分襟，只有天台杖一寻"的馈赠之情，到清代钱谦益为"天台老藤作如意"的一唱三叹；从唐代岑参都羡慕的"帘下天台松"，还有陈景沂宣传台州杨梅"调济荷元功"的小科普，等等，古今文人写清丽之章，兴玲珑之象，将台州风物注入了人文意趣和家国情怀。"南国天台山水奇"（李郢），"鸿儒硕士世不乏，神灵秀异天所钟"（方孝孺），优美的山水和灵秀的人文，都化成赤城之烟霞、华顶之猿鹤、石梁之莓苔，一一融入诗人的视野、思绪和情怀，化为天台的一片云、台岳的一缕烟、东海的一朵浪、人文的一份情，清音余响千载，至今响彻人间。

《文采说台州》汇集了"浙东唐诗之路"和"海上丝绸之路"上的台州诗歌精华，我们掇菁撷华，从数千首诗词中筛选的一百首代表作，力求呈现台州神奇的自然风光、独特的民俗风情、丰富的特色风物、厚重的人文底韵，为"文化传万年、和合润古今、山海铸风骨、垦荒立精神、情义溢全城"的文化标识提供宝贵的人文滋养。

本册编写组
2024 年 11 月

目 录

先 唐

谢灵运
　登临海峤初发强中作与从弟惠连见羊何共和之（节选）
　　………………………………………………… 003

李巨仁
　　登名山篇（节选）……………………………… 005

唐五代

骆宾王
　　久客临海有怀 ………………………………… 009

宋之问
　　送司马道士游天台 …………………………… 011

沈佺期
　　同工部李侍郎适访司马子微（节选）………… 014

李隆基
　　送司马承祯还天台 …………………………… 017

孟浩然
　　舟中晓望 …………………………………… 019
　　寻天台山 …………………………………… 020

李　白
　　天台晓望 …………………………………… 022
　　送杨山人归天台 …………………………… 024

杜　甫
　　题郑十八著作虔（节选）………………… 026

钱　起
　　送丁著作佐台郡 …………………………… 028

皎　然
　　送邢台州济 ………………………………… 030

刘长卿
　　送台州李使君兼寄题国清寺 ……………… 032

顾　况
　　临海所居三首（其二）…………………… 034

韦应物
　　题石桥 ……………………………………… 036

武元衡
　　送吴侍御司马赴台州 ……………………… 038

权德舆
　　送台州崔录事 ………………………………………… 040
寒　山
　　迥耸霄汉外 …………………………………………… 042
拾　得
　　迢迢山径峻 …………………………………………… 045
张　籍
　　送辛少府任乐安 ……………………………………… 047
李　绅
　　华　顶 ………………………………………………… 049
白居易
　　题赠郑秘书征君石沟溪隐居（节选）………………… 051
元　稹
　　赠毛仙翁 ……………………………………………… 054
贾　岛
　　送僧归天台 …………………………………………… 056
李德裕
　　临海太守惠予赤城石报以是诗 ……………………… 058
许　浑
　　早发天台中岩寺度关岭次天姥岑 …………………… 060

施肩吾
　　送人归台州 ·················· 062

朱庆馀
　　台州郑员外郡斋双鹤 ·············· 064

项　斯
　　华顶道者 ···················· 066

方　干
　　因话天台胜异仍送罗道士行 ············ 068

任　藩
　　题天台寺壁 ··················· 070

贯　休
　　送道友归天台 ·················· 072

皮日休
　　寄题天台国清寺齐梁体 ·············· 075

陆龟蒙
　　和袭美腊后送内大德从勖游天台 ·········· 077

杜荀鹤
　　登天台寺 ···················· 079

杜光庭
　　题空明洞 ···················· 081

曹　唐
　　刘晨阮肇游天台 ································· 083
齐　己
　　怀华顶道人 ····································· 085

宋　元

张无梦
　　福圣观 ··· 089
林　逋
　　闵师自天台见寄石枕 ··························· 091
夏　竦
　　登台州城楼 ····································· 093
梅尧臣
　　送天台李令庭芝 ································· 095
欧阳修
　　读杨蟠章安集 ··································· 097
元　绛
　　将去郡席上呈同僚 ······························ 099
陈　襄
　　和郑闳中仙居十一首（其十一）················ 101

钱 暄
　　题东湖共乐堂 …………………………………… 103

司马光
　　括苍石屏 ………………………………………… 105

王安石
　　送僧游天台 ……………………………………… 107

苏 轼
　　赠杜介（并叙）………………………………… 109

舒 亶
　　寄台州使君五首（其三）……………………… 112

贺 铸
　　秋 兴 …………………………………………… 114

曾 幾
　　登玉霄亭 ………………………………………… 116

左 誉
　　涤虑轩 …………………………………………… 118

左 纬
　　次盛元叙游九峰韵 ……………………………… 120

王之望
　　鹧鸪天 …………………………………………… 122

吴芾
　　登景星岩 ……………………………………… 124

王十朋
　　次韵宝印叔观海三绝（其一） ………………… 126

洪适
　　浣溪沙 ……………………………………… 128

陆游
　　寄天封明老 ………………………………… 130

范成大
　　从圣集乞黄岩鱼鲊 ………………………… 132

尤袤
　　台州四诗（其三） …………………………… 134

杨万里
　　送谢子肃提举寺丞（其一） ………………… 136

石懋
　　游北山 ……………………………………… 138

朱熹
　　谒二徐先生墓 ……………………………… 140

楼钥
　　宿仙居民家 ………………………………… 142

赵汝愚
　　石　桥 …………………………………… 144

孙应时
　　黄岩溪（其一）…………………………… 146

戴复古
　　巾子山翠微阁 ……………………………… 148

赵师秀
　　大慈道 ……………………………………… 150

杜　范
　　空明洞 ……………………………………… 152

严　羽
　　送戴式之归天台歌 ………………………… 154

文天祥
　　绿漪堂 ……………………………………… 157

林景熙
　　宿台州城外 ………………………………… 159

李孝光
　　登台州巾山 ………………………………… 161

王　冕
　　天台行 ……………………………………… 163

杨维桢
　　玉京洞 ································· 166
曹文晦
　　清溪落雁 ······························· 168
倪　瓒
　　韦羌草堂图 ····························· 171

明　清

刘　基
　　感　兴 ································· 175
方孝孺
　　为玉泉山人题（节选）··················· 177
杨士奇
　　观海生诗为临海令作 ····················· 180
顾　璘
　　台郡元夜 ······························· 182
黄　绾
　　紫霄怀述 ······························· 184
夏　言
　　石龙书院次韵题黄久庵卷 ················· 186

秦鸣雷
　　九日冒雨独登巾子山（其四） …………… 188

王宗沐
　　登海门先月庵望海同二王二杨挥使（其一）…… 190

吴时来
　　锦凤岩 ……………………………………… 192

戚继光
　　巾帻山 ……………………………………… 194

王士性
　　过樵夫亭 …………………………………… 196

钱谦益
　　老藤如意歌 ………………………………… 198

陈子龙
　　天台万年寺 ………………………………… 200

黄宗羲
　　寓黄岩 ……………………………………… 202

张煌言
　　重过桃渚 …………………………………… 204

王士禛
　　蒋修撰述天台之游 ………………………… 206

齐召南
　　欢山烟雨 ················· 209
袁　枚
　　黄岩阻雨居停潘秀才拉游城外委羽山 ········ 211
阮　元
　　春日台州 ················· 213
魏　源
　　天台山杂诗五首（其三）············ 215
蒲　华
　　题新庵壁 ················· 217

参考文献 ··················· 219
后　记 ···················· 225

浙江诗话

先唐

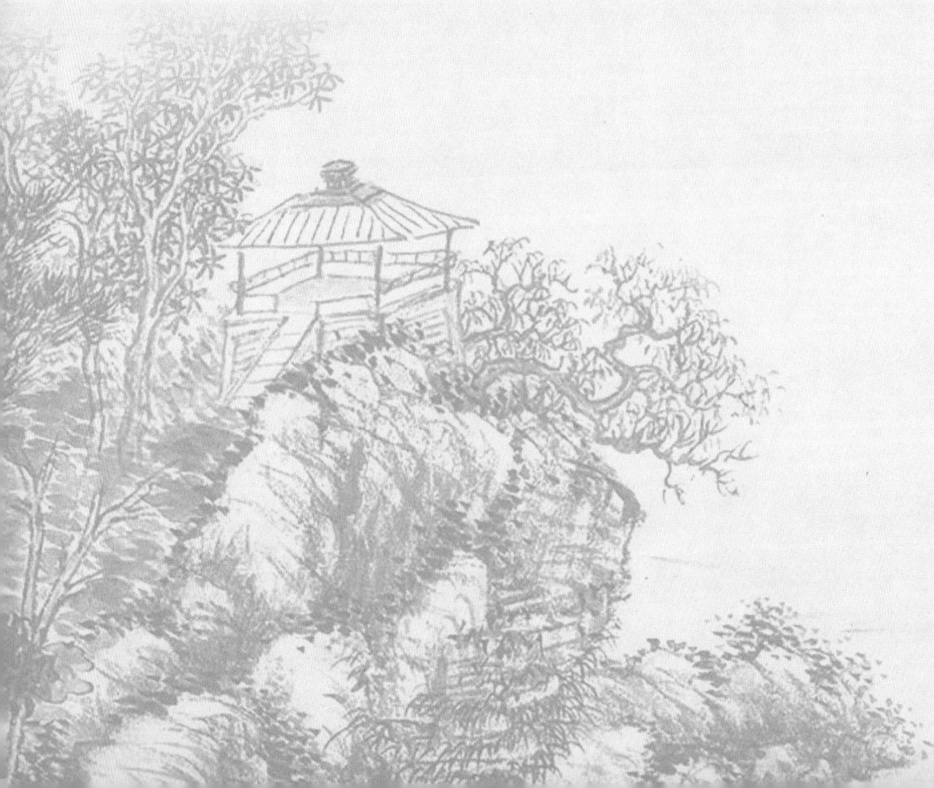

谢灵运

  谢灵运（385—433），小名客儿，常称"谢客"，十八岁袭封康乐县公，世称"谢康乐"。祖籍陈郡阳夏（今河南太康），生于会稽始宁（今浙江上虞）。曾任散骑常侍、太子左卫率。永初三年（422）宋少帝即位，灵运受大臣排挤，出任永嘉太守。后罢职退隐始宁，以"叛逆"罪名被杀。谢灵运是中国山水诗派鼻祖，曾游历台州，留下多首描绘当地山水的诗作，后人辑有《谢康乐集》。

登临海峤初发强中作与从弟惠连见羊何共和之（节选）[1]

攒念攻别心，旦发清溪阴。[2]

暝投剡中宿，明登天姥岑。[3]

高高入云霓，还期那可寻。

倘遇浮丘公，长绝子徽音。[4]

（《谢康乐集》卷三）

注 释

[1]《宋书·谢灵运传》："（谢灵运）尝自始宁南山伐木开径，直至临海，

从者数百人。"谢灵运伐木开径寻访台州山水，传为佳话。临海峤：一说泛指整个天台山脉，为剡、天台山、临海西北及宁海、三门整片山脉的总称；一说指温岭温峤。后来成为诗人常用的典故，如孟浩然的"缅怀赤城标，更忆临海峤"，李白的"严光桐庐溪，谢客临海峤"等。羊、何：羊璿之、何长瑜，皆谢灵运之友。　[2]攒念：指积聚的思念。攻：侵扰。清溪：指强口溪，即标题所称强中，位于今浙江绍兴。[3]剡中：剡县，今浙江嵊州。天姥岑：即天姥山，在今浙江新昌。[4]浮丘公：中国古代传说中的仙人。徽：美也。

赏　析

　　这首诗是谢灵运到台州游览过程中，与堂弟谢惠连及友人羊璿之、何长瑜二人相约共游时所作，表达了诗人对离别的不舍和对未来归期的迷茫，同时通过对天姥山高耸入云的描绘，展现了诗人对自然山水的热爱和向往。原诗三十二句，此处共节选开头四句，首句直接点出离别的主题，奠定了全诗的感情基调。第二、三句展现了旅途的艰辛和天姥山的壮丽。最后则表达了诗人对超脱世俗、追求仙道生活的向往。整首诗用词精妙，构思精巧，是谢灵运山水诗中的佳作。

李巨仁

李巨仁，隋代人，生卒年不详。好作古风，有《登名山篇》《京洛篇》《钓竿篇》《赋得方塘含白水诗》《赋得镜诗》等存世。

登名山篇（节选）[1]

名山称地镇，千仞上凌霄。[2]

云开金阙迥，雾起石梁遥。[3]

翠微横鸟路，珠涧入星桥。[4]

风急青溪晚，霞散赤城朝。

（《文苑英华》卷二一一）

注　释

[1]在《文苑英华》中题为"登名山篇"，而在宋代李庚等编的《天台集》中题为"登台山篇"，以及明代潘珹所编的《天台胜迹录》中题为"登天台篇"。　[2]地镇：一方主山。　[3]金阙：天台山的琼台双阙，为天台山八景之一。晋孙绰《游天台山赋》："双阙云竦以夹路，琼台中天而悬居。"迥：遥远。　[4]翠微：淡青色的山。这里指天台山。星桥：传说中的鹊桥。这里当指石梁。

赏　析

　　李巨仁闻名前往天台山，登览后写下这首想象宏阔、辞藻壮丽的诗篇。全诗情景交融、虚实相生，将天台自然景观与神仙道教有关的内容融入诗中。本篇部分节选描述了天台山上凌云霄，下瞰尘寰，身居其中，可观琼台阙、石梁飞瀑、赤城霞起、危崖断烟，感受玉涧飞泉、云雾缭绕的人间仙境。

明　沈周　石梁飞瀑图（局部）

浙江诗话

唐五代

骆宾王

骆宾王(约640—?),字观光,婺州义乌(今浙江义乌)人。唐初杰出诗人,与王勃、杨炯、卢照邻并称"初唐四杰"。骆宾王出身寒门,但才华横溢,七岁便能作诗,被誉为"神童"。他的诗作数量在"初唐四杰"中最多,尤其擅长七言歌行体,代表作如《帝京篇》,在当时被誉为绝唱。此外,他还创作了不少边塞诗,展现了豪情壮志。骆氏一生仕途坎坷,曾因直言进谏得罪武则天而入狱,后参与徐敬业反武起义,起草了著名的《讨武曌檄》。调露二年(680),骆宾王被贬至台州临海任县丞,人称骆临海,作品集《骆临海集》,临海东湖的骆临海祠便是为了纪念他而建造的。

久客临海有怀

天涯非日观,地即望星楼。[1]

练光摇乱马,剑气上连牛。[2]

草湿姑苏夕,叶下洞庭秋。[3]

欲知凄断意,江上步安流。[4]

(《骆临海集笺注》卷五)

注　释

[1] 岊（jié）：山的转弯处。　[2] "练光"句：孔子与颜渊登泰山，遥望吴市阊门，颜渊将门外的白马看成白练。后以此典喻咏古代吴地或遥望故地。上连牛：相传吴地当斗、牛分野，有剑气上彻斗、牛。
[3] 姑苏：苏州，这里借以泛指江南水乡。"叶下"句：化用屈原《九歌·湘夫人》："袅袅兮秋风，洞庭波兮木叶下。"　[4] 步：一作"涉"。

赏　析

　　这首诗是骆宾王在临海任县丞期间所作，抒发了他远离故乡的思乡之情以及对仕途坎坷的感慨。诗人以"天涯非日观"开篇，表达了虽身处偏远之地，但仍能感受到当地自然之美。接着借"练光乱马"的典故，表露遥念乡关之情；以剑气连牛的气势，赞美台州广阔壮丽的自然景象，传达了诗人壮心未已、不甘雌伏之豪气。颈联则转折到对故乡的怀念，情感由豪放转为凄婉。尾联反映了诗人内心的孤独与无奈，以及对平静生活的向往。全诗弥散着客居他乡的凄凉和英雄末路、壮志难酬的感伤。整首诗情感丰富，意境深远，是千古流传的名篇。

宋之问

　　宋之问（约656—约713），一名少连，字延清，虢州弘农（今河南灵宝）人，一说汾州（今山西汾阳）人。初唐时期著名诗人。上元二年（675）进士及第。官至考功员外郎。后贬钦州，先天中赐死于桂州。诗与沈佺期齐名，并称"沈宋"；与司马承祯、陈子昂、卢藏用、李白、孟浩然、王维、贺知章等被誉为"仙宗十友"。著有《宋之问集》。他一直向往天台山，与隐居天台修道的司马承祯颇有交往，有《冬宵引赠司马承祯》《寄天台司马道士》等。

送司马道士游天台 [1]

羽客笙歌此地违，离筵数处白云飞。[2]
蓬莱阙下长相忆，桐柏山头去不归。[3]

（《宋之问集校注》卷一）

注　释

[1] 司马道士：即司马承祯（647或655—735），字子微，号白云子，河内温县（今属河南）人。唐代著名高道，道教上清派第十二代宗师。约于调露二年（680）至天台山，先后居天台灵墟、桐柏玉霄峰将近四十年，对天台道教贡献极大。武则天、唐睿宗、唐玄宗三位皇帝多次召见，向

他请教道术养生与治国之道。他几次均去而复返,并后悔离开天台,留下"司马悔桥""司马悔山"等遗迹。　[2]羽客:指道士或仙人。此句用周灵王太子王子乔典故。王子乔好吹笙,后骑鹤升仙,后道教尊为桐柏真人,治金庭洞天,为天台山主神。离筵:指饯别时所设的宴席。[3]蓬莱阙:即长安蓬莱宫,后改为大明宫。桐柏:司马承祯在天台桐柏修道,泛指天台山。

清　钱杜　梦游天台图

赏　析

　　武周圣历元年(698),司马承祯应女皇武则天的召请来到京城,在即将重返天台山时,宋之问为他设宴送别,并写下这首诗。在饯别的宴席上,诗人仿佛看到不远处就有白云飘飞,要载着好友飞升远去。诗人感叹司马承祯将远赴天台桐柏山头,自己却只能在京城抒发思念之情了。全诗情景交融,从眼前的长安城到遥远的天台山,既有现实生活中的送行筵席,又有缥缈虚幻的仙山景象,充分表达了诗人对司马道士前往天台山修道登仙的仰慕向往之情。宋之问与司马承祯交情很深,司马承祯几次往返京城、天台,他都写有送别诗作,在另一首诗《寄天台司马道士》中云"卧来生白发,览镜忽成丝。远愧餐霞子,童颜且自持",以艳羡的语气,描绘了司马承祯的方外神仙形象。司马承祯有《答宋之问》以酬相知之情。

沈佺期

沈佺期(约656—716)，字云卿，相州内黄(今河南内黄西)人。唐上元二年（675）进士及第，终官太子少詹事，世称"沈詹事"。工诗，尤长七言，始定七律体制，与宋之问齐名，并称"沈宋"。唐中宗时期曾任台州录事参军，直至唐中宗景龙元年（707）离开台州入京任职。在台州三年间，与方外人士多有来往。

同工部李侍郎适访司马子微（节选）[1]

紫微降天仙，丹地投云藻。[2]

上言华顶事，中问长生道。[3]

华顶居最高，大壑朝阳早。

长生术何妙，童颜后天老。

清晨朝凤京，静夜思鸿宝。[4]

凭崖饮蕙气，过涧摘灵草。

人非冢已荒，海变田应燥。

昔尝游此郡，三霜弄溟岛。[5]

绪言霞上开，机事尘外扫。[6]

顷来迫世务，清旷未云保。

（《沈佺期集校注》卷三）

注 释

[1]工部李侍郎适：即李适，中宗景龙初，擢修文馆学士，迁中书舍人。睿宗景云二年（711），转工部侍郎。　[2]紫微：北极，道家称北极紫微大帝为万星帝主。天仙：天上的仙人，此处尊称司马承祯。丹地：帝王宫殿。殿前台阶漆红色，故称。云藻：华丽的文辞。　[3]华顶事：指修道成仙的事。华顶，天台山主峰，四周群峰簇簇，众山环拱如瓣，层层相裹，状如千叶荷花，有七十二峰之胜，华顶正当莲花之顶，故名"华顶"。　[4]凤京：京城长安。鸿宝：道书。　[5]三霜：三个春秋，即三年。溟岛：海岛，此指天台山。　[6]绪言：古代流传下来的零碎言论。机事：机巧之事，指人世间的俗事、世务。

赏 析

此诗融合了对天台仙境的赞美、对长生之道的探寻及对仕途与隐逸的感慨。沈佺期身处初唐，仕途起伏，而天台山作为道教圣地，华顶高耸、大壑朝阳，恰似他心中的理想国。诗中"紫微降天仙"描绘的不仅是司马子微道术的神秘高超，也是天台山超凡脱俗之美的写照。"长生术何妙，童颜后天老"表达了对长生不老之术的向往，反映了唐代士人追求生命永恒的风尚。天台山水间，蕙气、灵草，皆是道士修行之资，沈佺期借此表达了对隐逸生活的羡慕。然而，"清晨朝凤京，静夜思鸿宝"又透露出他身陷仕途的无奈与对道家的向往。最后一句则是他对现实束缚发出的感慨，以及对心灵清旷之境的渴望。整首诗在天台美景的映衬下，更显沈佺期内心的矛盾以及对方外隐逸生活的追求。

清　范凌　天台十景图·华顶归云

李隆基

李隆基（685—762），即唐玄宗，亦称唐明皇。先天元年（712）即位。开元之际，励精图治，唐朝社会安定、国力强盛，史称"开元盛世"。工书，且善音律。

送司马承祯还天台

紫府求贤士，青溪祖逸人。[1]

江湖与城阙，异迹且殊伦。

闻有幽栖者，居然厌俗尘。

林泉先得性，松桂欲调神。

地道逾稽岭，天台接海滨。

音徽从此间，万古一芳春。[2]

（《唐五代诗全编》卷一〇七）

注　释

[1] 紫府：神仙居住的地方。祖：古代出行时祭祀路神，引申为饯行。逸人：隐士，此指司马承祯。　[2] 音徽：音讯，指美音、德音。间：隔绝。

赏　析

　　唐玄宗曾三次召见司马承祯。第一次是开元九年（721），唐玄宗派遣使者到天台山迎请司马承祯入京，问延年度世之事，并亲受法箓，诏司马承祯等制作道教乐曲。司马承祯将自己精心制作的铜镜、宝剑以及《上清含象剑镜图》等进献给唐玄宗。唐玄宗专发敕文《答司马承祯进〈铸含象镜剑图〉批》，并御制《答司马承祯上剑镜》诗以赠。第二年九月，司马承祯坚决要求回天台山，唐玄宗作《送司马承祯还天台》送别。全诗围绕司马承祯回归天台修道的景象展开想象，表达了玄宗对仙道生活的倾慕以及对司马承祯的挽留之意。此诗一出，当时朝中近百位官员纷纷作诗赠别，徐彦伯曾选编《白云集》一卷。这些送司马道士还天台的诗，极大地提升了天台山的知名度，激发了更多诗人的向往仰慕之情，遂纷纷追寻司马承祯的足迹登临天台山。

孟浩然

  孟浩然（689—740），字浩然，以字行，襄州襄阳（今湖北襄阳）人。早年隐居鹿门山，开元间游长安，应进士举不第，后隐居终身。唐代山水田园诗派代表诗人。与王维为至交，并称"王孟"。有《孟浩然集》。开元十七年（729）秋至开元二十年一直在浙江游历，天台山是他的主要目的地。他在天台山采灵芝、习长生、服钟乳、践磴石、上华顶、游赤城，希冀羽化登仙，并留下众多诗作。

舟中晓望

挂席东南望，青山水国遥。[1]

舳舻争利涉，来往接风潮。

问我今何适，天台访石桥。

坐看霞色晓，疑是赤城标。[2]

（《孟浩然集》卷三）

注　释

[1] 挂席：扬帆行船。作者约于开元十七年自越州（今浙江绍兴一带）

乘船往天台山，故云"东南望"。水国：水乡。　　[2]标：标志。孙绰《游天台山赋》："赤城霞起而建标，瀑布飞流以界道。"赤城霞已成为天台山的重要标志。

赏　析

  孟浩然的足迹遍布天台山各大景点。此诗大约作于开元十八年，其时孟浩然乘船前往天台山。途中，他怀着迫切的心情，早早来到船头远眺东南天台山方向，眼中所见是一片青绿山水图卷：江上有许多船只往来相接，扬帆远航，出没于波涛之中。若有人问自己要去哪里，诗人就会愉快地告知，我是去天台山访问石桥。坐在船中看那朝霞映红的天际，是多么绚丽，那大约就是赤城山吧！全诗表达了诗人向往天台山的迫切心情。在创作手法上，诗人信笔写来，首尾衔接自然，承转分明，山水神韵与兴味贯穿全篇，胡应麟在《诗薮》中评价其"神韵超然"。

寻天台山

吾友太一子，餐霞卧赤城。[1]

欲寻华顶去，不惮恶溪名。[2]

歇马凭云宿，扬帆截海行。[3]

高高翠微里，遥见石梁横。

（《孟浩然诗集校注》卷三）

注 释

[1]太一子:亦作太乙子,生平不详,隐居天台修炼的高道。餐霞:道家修炼的一种方术,即所谓吸食日精,古人认为霞是日始欲出之赤黄气,清晨迎霞行吐纳之气,以朝霞为食,可以炼化精气。赤城:即赤城山,在天台县西北,为丹霞地貌,山色赤赭如火,故名。 [2]恶溪:此指始丰溪中下游百步溪的大小二恶滩。 [3]歇马:休息。

赏 析

本诗约作于开元十八年,孟浩然为寻访天台道友太一子所作。首联表明太一子是一位逍遥尘外的天台道士,他高卧赤城,以餐霞饮露修炼。天台山到处云雾缭绕,是仙人高道乐于盘桓的地方,对于同样喜欢山水田园之乐的孟浩然有着极大的吸引力。于是他不怕山高水险,决定登上天台山华顶寻找好友。一路上扬帆航海、骑马登山,虽然餐风露宿、路途艰险,但能观赏美景,亦是快事。放眼远望,能看到高高横架的石梁、誉满天下的飞瀑奇境。全诗想象开阔,表达了诗人对天台山以及在山中隐居修道者的倾慕之情。

李　白

　　李白（701—762），字太白，号青莲居士，祖籍陇西成纪（今甘肃天水附近），出生于中亚碎叶城。五岁随父迁居绵州彰明县（今四川江油）青莲乡。天宝元年（742）被玄宗召入长安为翰林供奉，因称"李翰林"。在长安，大诗人贺知章一见，叹为"谪仙人"，从此号为"诗仙"。有《李太白全集》。与杜甫齐名，并称"李杜"。多次漫游浙东，并游台越，分别于开元十五年(727)、天宝六载两游天台山，创作了《天台晓望》等几十首与天台山相关的诗篇。

天台晓望

天台邻四明，华顶高百越。[1]

门标赤城霞，楼栖沧岛月。

凭高远登览，直下见溟渤。[2]

云垂大鹏翻，波动巨鳌没。[3]

风潮争汹涌，神怪何翕忽。[4]

观奇迹无倪，好道心不歇。[5]

攀条摘朱实,服药炼金骨。[6]

安得生羽毛,千春卧蓬阙。[7]

(《李太白全集》卷二一)

注 释

[1]百越:先秦时期分布于我国东南地区古代民族的总称,分布区域包括现在的江苏、上海、浙江、安徽、福建、江西、海南和广西等的全境或部分地区,以及越南北部地区。 [2]溟渤:大海,此指东海。 [3]"云垂"句:写华顶云海翻腾的画面,以"大鹏翻""巨鳌没"来形容。意谓云垂挂下来就像大鹏在天上展翅,波涛涌起就似巨鳌在大海中出没。 [4]翕忽:快速的样子。 [5]无倪:没有边际。 [6]金骨:仙骨。 [7]生羽毛:指已修炼成仙。蓬阙:仙人居住的地方。

赏 析

　　这首诗作于开元十五年,描写李白第一次到天台山登上天台最高峰华顶时所领略到的壮观景象。李白以巨笔勾勒出天台山高逸壮阔的气质,以及他心中的道教仙山的神奇世界。天台山与四明山相邻,天台山主峰华顶是百越之地最高的山峰。天台山的南门以赤城霞为地标,在楼阁上可以观赏海岛明月。登上高处远眺,可以看到下方的汪洋大海。垂天之云连着海水,像是大鹏翻飞的翅膀,汹涌的风潮中巨鳌出没、神怪隐现,气象万千。观赏着无边无际的天台山奇景,诗人的好道之心更加急切,希望自己能够采摘仙果、服食丹药，修成仙骨、长出羽翼，飞升到蓬莱仙阙高卧千年。李白诗中所描述的华顶高峰，不仅仅是地理上的高度，更体现着李白狂放的精神高度，也从文化意义上确立了华顶山的地位——古代百越地区的文化高峰。

送杨山人归天台 [1]

客有思天台，东行路超忽。[2]

涛落浙江秋，沙明浦阳月。

今游方厌楚，昨梦先归越。

且尽秉烛欢，无辞凌晨发。

我家小阮贤，剖竹赤城边。[3]

诗人多见重，官烛未曾然。[4]

兴引登山屐，情催泛海船。[5]

石桥如可度，携手弄云烟。

（《李太白全集》卷一六）

注　释

[1] 杨山人：名字不详，李白有多首赠诗。　　[2] 超忽：形容路途遥远。
[3] 小阮：阮籍之侄阮咸，竹林七贤之一。这里指李白的侄子。剖竹：古代授官封爵时，以竹符为信物，剖分为二，君臣各执其一，后借指授官。
[4] "官烛"句：三国吴谢承《后汉书》云："巴祗为扬州刺史，与客坐暗中，不然官烛。"形容待客甚厚，而自奉甚薄。然：同"燃"。
[5] 登山屐：南朝宋诗人谢灵运游山时常穿的一种有齿的木屐。后常用作登山探幽的典故。泛海船：指谢安泛海的典故，用来形容乘船游海，逸兴遄飞。

赏　析

　　这首诗是李白为送别友人杨山人归天台而作。开头即点明友人归乡之心切与路途之遥远。接着通过描绘浙江秋涛、浦阳月沙的景象，营造出一种清冷而明净的氛围，既是对友人归途情景的描绘，也是对天台山美景的想象。然后回顾友人此次游历的经历及对家乡的思念之情，劝其珍惜眼前相聚的时光，尽情欢饮至深夜。最后表达了李白对友人的高度评价与深厚友情，同时寄托了自己对天台山的向往之情，希望有机会能与友人共游天台山，渡越石桥，共赏云烟之美景。整首诗情感真挚，意境深远，充满了李白特有的豪放与浪漫气息。

杜 甫

杜甫（712—770），字子美，先世迁襄阳（今湖北襄阳），出生于巩县（今河南巩义）。玄宗时两次应试落第，四十岁时献《三大礼赋》，始待制集贤院。安史之乱后，曾为左拾遗，贬华州司功参军。剑南节度使严武荐为节度参谋、检校工部员外郎，世称"杜工部"。有《杜工部集》。杜甫在诗坛具有崇高的地位，被誉为"诗圣"；其诗反映时事，被称为"诗史"。他得知友人郑虔被贬至台州后，写下《八哀诗·故著作郎贬台州司户荥阳郑公虔》《有怀台州郑十八司户》《题郑十八著作虔》等多篇诗作。

题郑十八著作虔（节选）[1]

台州地阔海冥冥，云水长和岛屿青。

乱后故人双别泪，春深逐客一浮萍。

酒酣懒舞谁相拽，诗罢能吟不复听。

第五桥东流恨水，皇陂岸北结愁亭。[2]

（《杜工部集》卷一二）

注 释

[1] 这首诗是乾元元年(758)春末,杜甫偶经郑虔故居,怀念被贬台州的好友郑虔时所作。郑虔,字趋庭,又作若齐、弱齐,郑州荥泽县(今属河南省广武县)人,唐代文学家、书法家、画家,杜甫好友,被贬台州,任司户参军。开台州文教之先,人称"台郡文教之祖"。 [2] 第五桥:在唐代韦曲镇(在今西安市长安区)之西。皇陂:即皇子陂。

赏 析

这首诗描绘了辽阔的东海风光与诗人自身的凄凉境遇,通过这种鲜明对比,表达了诗人在战乱后流离失所、与友人离别的深切哀愁。首联以壮丽的海景开篇,却迅速转入对乱后个人命运的感慨,这种"以乐景写哀情"的手法,使得哀情更加深沉。第二联直接点题,将个人命运与国家兴亡紧密相连,通过"双别泪"和"一浮萍"的意象,生动展现了诗人与友人分别的悲痛及自己漂泊无依的处境。后二联进一步渲染了诗人的孤寂与愁苦。酒醉后的无力起舞、诗成后的无人倾听,以及想象中的"流恨水"与"结愁亭",都深刻揭示了诗人内心的绝望与无奈。整首诗情感深沉、意境苍凉,是个人命运与国家命运交织下士人悲剧的深刻写照。

钱 起

钱起（？—约782），字仲文，吴兴（今浙江湖州）人。"大历十才子"之冠，又与郎士元并称"钱郎"，有"前有沈宋，后有钱郎"之美誉。天宝十载（751）进士，参加进士考试时，所作《省试湘灵鼓瑟》诗，被誉为"亿不得一"的绝唱。官终考功郎中，世称"钱考功"。有《钱考功集》。

送丁著作佐台郡[1]

多年金马客，名遂动归轮。[2]

佐郡紫书下，过门朱绶新。[3]

扬舲望海岳，入境背风尘。[4]

水驿偏乘月，梅园别受春。

带经临府吏，鲙鲤待乡人。[5]

始见美高士，逍遥在搢绅。[6]

（《钱起集校注》卷七）

注 释

[1]丁著作：姓丁的著作郎，名字不可考。 [2]金马客：指在朝中任职的官员。金马门是汉代官门，后泛指官廷。归轮：指到台州任职。以此推想丁著作是台州人。 [3]紫书：皇帝的诏书。朱绶：红色的官印带子，象征官职。 [4]海岳：海边的山岳，代指台州。 [5]鲙鲤：即脍鲤，指珍贵的食物。《诗经·六月》："饮御诸友，炰鳖脍鲤。"
[6]搢绅：士大夫。《庄子·天下》："其在于《诗》《书》《礼》《乐》者，邹鲁之士、搢绅先生多能明之。"

赏 析

这是一首意境深远、情感真挚的送别诗。诗人通过描绘丁著作的旅途景象和未来生活，展现了台州的山海之美，营造出一种既有依依惜别又有期待祝福的复杂情感氛围。全诗以简洁明了的语言，巧妙地将自然景观与人物心境结合，传递了深厚的情感和丰富的意蕴，展现了诗人高超的艺术造诣和对人生价值的思考，寄托了诗人对自由和闲适生活的向往，以及对友人才华和品德的高度评价。

皎 然

皎然（约720—约795），俗姓谢，法名清昼，湖州长城（今浙江长兴）人。早年勤学，出入经史百家，中年慕神仙，后皈依佛教，从杭州灵隐寺僧守直受戒，与清江并称"会稽二清"。有《昼上人集》。所著《诗式》为唐代诗歌理论的重要著作。

送邢台州济[1]

海上仙山属使君，石桥琪树古来闻。[2]

他时画出白团扇，乞取天台一片云。

（《昼上人集》卷四）

注　释

[1]邢台州济：指建中四年（783）任台州刺史的邢济。　[2]使君：古代对州郡长官的尊称。

赏　析

这首诗既用以送别即将赴任台州的朋友，也表达了对台州美景的向往。首句以夸张的手法称赞台州天台山的美景，将其比作海上仙山，表现了对台州自然风光的无限赞美。接着进一步描绘了天台山的奇景。石桥是天台山的代表性景观，"琪树"一词用于赞美天台山的植物，前人多次使用过。后两句则转向对友人的送别，希望友人能将天台山的美丽景色描绘在扇面上，带回天台山的一片云彩作为纪念。整首诗语言优美，意境高远，展现了皎然对台州美景的向往和对朋友的深挚友情。

宋　米友仁　云山得意图（局部）

刘长卿

刘长卿（约726—约790），字文房，河间（今河北献县）人，一说宣州（今安徽宣城）人。开元二十一年（733）进士，官至随州刺史，世称"刘随州"。工五言，自诩为"五言长城"。有《刘随州集》。与鲍防、秦系、朱放、灵澈等交好，大历五年（770）鲍防为浙东从事时，曾游台越。唐德宗建中三年（782），罢随州刺史后又漫游吴越，共创作与台越相关诗作八十多首。

送台州李使君兼寄题国清寺 [1]

露冕新承明主恩，山城别是武陵源。[2]

花间五马时行县，郭外千峰常在门。[3]

晴江洲渚带春草，古寺杉松深暮猿。

知到应真飞锡处，因君一想已忘言。[4]

（《刘随州集》卷九）

注　释

[1] 李使君：即李嘉祐，肃宗上元二年（761）为台州刺史。国清寺：佛教天台宗的根本道场，日本、韩国天台宗祖庭，始建于隋朝，为晋王杨广

(即后来的隋炀帝)遵智者大师之遗愿修建。因智者大师梦神人"寺若成,国即清"之预言,取名为国清寺。　[2]露冕:指隐士所戴的一种便帽。[3]五马:太守、刺史一级官员所乘车马之规格,诗中以"五马"代称太守、刺史一级官员。　[4]应真:罗汉。飞锡:罗汉执锡杖而行于虚空。孙绰《游天台山赋》:"王乔控鹤以冲天,应真飞锡以蹑虚。"

赏　析

　　此诗赠予台州李嘉祐,并寄情于国清寺,透露出对友人赴任的祝福及对隐逸生活的向往。刘长卿仕途坎坷,多次遭贬,此诗或作于其心境趋于平和之时。他以"露冕新承明主恩"赞赏友人受到重用,又以"山城别是武陵源"喻天台山之美如世外桃源,暗含对友人仕途环境的羡慕,也表达了对隐居生活的向往之情。后半部分描绘了一幅宁静致远的山水画卷,展现国清寺的清幽与超脱,表达了对友人在忙碌政务之余,能寻得心灵慰藉的期望。末句"因君一想已忘言",更是寄托了诗人对超脱尘世、心归自然的无限向往。

顾 况

顾况（约730—806后），字逋翁，自号华阳山人（一说华阳真逸、华阳真隐），苏州海盐横山（今在浙江海宁境内）人。至德二载（757）进士。入朝任著作佐郎，贬饶州司户参军。有《华阳集》。大概在广德二年至大历六年间（764—771），顾况主动请求担任台州临海新亭盐监一职。新亭是唐代台州盐业远销外地的集散地，也是当时江南十大盐监之一。在台州期间，顾况与天台、临海等名胜结有诗缘，创作了《临海所居三首》《委羽山》等众多诗作。

临海所居三首（其二）

此去临溪不是遥，楼中望见赤城标。[1]

不知叠嶂重霞里，更有何人度石桥。[2]

（《顾况集》卷四）

注　释

[1]临溪：即临海溪。《太平御览》卷四七引《临海记》曰："临海山，山有二水，合成溪曰临海。一水是始丰溪，一水是乐安溪。至州北两溪相合，即名临海溪。山因溪名。"　[2]叠嶂重霞：重重叠叠的山峦和绚丽的云霞。重霞亦可指"赤城霞"，赤色的石头如丹霞一般。

赏　析

　　这首诗写于台州袁晁起义兵事被平定之后，描绘了诗人在临海远望天台的景象，表达了诗人对天台山景观的关切，也暗含了对宁静生活的向往。首句点明了居所与临海溪距离不远，从楼上便可以隐约望见赤城山标志性的景观，体现了诗人对天台山景观的回忆。最后两句，诗人遥想在重重叠叠的山峦和绚丽的云霞之中，是否还有人走过那座石桥。整首诗画面感强，景观令人陶醉。全诗通过对自然景色的描写，引发了人们对远方的遐想，流露出诗人对台州自然之美的追忆，同时饱含对和平安定生活的渴求。

韦应物

韦应物（约737—791），字义博，京兆万年（今陕西西安）人。曾任左司郎中、江州刺史、苏州刺史，世称韦左司或韦江州、韦苏州。著名山水田园诗人。五言近体尤工，苏东坡有"乐天长短三千首，却爱韦郎五字诗"之句。有《韦江州集》《韦苏州集》传世。其诗闲澹简远，其人品性高洁。

题石桥

远学临海峤，横此莓苔石。[1]

郡斋三四峰，如有灵仙迹。[2]

方愁暮云滑，始照寒池碧。

自与幽人期，逍遥竟朝夕。[3]

（《韦应物集校注》卷八）

注 释

[1]"远学"句：指模仿远方的临海峤。 [2]郡斋：郡守所居的地方。韦应物曾任滁州、江州、苏州三州刺史，在郡斋里造了三四座灵秀的假山。
[3]幽人：隐士，隐居山林的人。

赏 析

  石桥是诗人们笔下与天台仙境相关的不朽话题。韦应物非常向往天台山，渴望归隐山林、摆脱尘世功名束缚。自谓要追随谢灵运的步伐去游览名山，于是写下此诗。首联描写天台山石桥的险峻，横架两山，上有莓苔之滑，下临万丈绝壑。出于对天台山的热爱，韦应物曾在自己居所里模仿天台山景，造了三四座灵秀的假山，想象有仙人出入其间。诗人寄情园林山水，担心暮云升起的时候路上会湿滑，假山下的水池也显得寒冷澄碧；幻想着能与隐士相约在此，逍遥自在地度过美好时光。

清　戴熙　石梁雨来亭图（局部）

武元衡

　　武元衡（758—815），字伯苍，出生于河南缑氏（在今洛阳市偃师区），为武则天曾侄孙。唐代著名诗人、政治家。建中四年（783）参加科举考试，因诗赋文俱佳，金榜题名，位列进士榜首。元和二年（807）任宰相。为官清正廉明，力主武力镇压藩镇割据，是中唐时期著名的"铁血宰相"。卒赠司徒，谥忠愍。著有《临淮集》。

送吴侍御司马赴台州

卢耽佐郡遥，川陆共迢迢。[1]

风景轻吴会，文章变越谣。[2]

烟林繁橘柚，云海浩波潮。

余有灵山梦，前君到石桥。

（《临淮诗集》卷一）

注　释

[1]卢耽：相传晋南康治中卢耽，少习仙术，善飞升。这里指在遥远地方担任佐郡官职的人。　[2]吴会：汉朝时期吴郡、会稽两地的合称，这里指江南。

赏　析

　　这是一首充满地域特色、情感真挚的送别诗，诗人通过描绘台州的自然风光和文化氛围，表达了对友人的依依不舍之情和美好祝愿。首联既描绘了路途的遥远，也隐含了诗人对友人旅途劳顿的关切。颔联描绘了台州的自然风景和人文特色，表达了诗人对友人在台州能够有所作为的期待。后二联展现了台州山水的壮丽、神秘，表达了对友人在台州新生活中能够如鱼得水的祝愿，以及对未来再见的期待。整首诗通过对友人赴任路途和台州风景的描绘，表达了诗人对友人的深情祝福和对台州景色的赞美。

宋　夏圭　烟岫林居图

权德舆

权德舆（759—818），字载之，原籍天水略阳（今甘肃秦安），后徙润州丹徒（今江苏镇江）。元和五年（810）任宰相，直言敢谏，宽和待下。有《权载之文集》。其诗文以典雅清丽、平易畅达著称。与当时的许多文人雅士都有交往，对中唐文学的发展起到了重要的推动作用，后人称为"权文公"。

送台州崔录事[1]

不嫌临海远，微禄代躬耕。
古郡纪纲职，扁舟山水程。[2]
诗因琪树丽，心与瀑泉清。
盛府知音在，何时荐政成。

（《权德舆诗文集》卷五）

注 释

[1] 崔录事：指崔稚璋，生平不详。权德舆有《送台州崔录事二十一太赴官序》《寄临海郡崔稚璋》等诗文。录事，职官名，掌管文书。
[2] 古郡：指台州，古称临海郡。纪纲职：指州郡掾属。特指州郡录事参军。

赏　析

　　这首诗是权德舆送别友人前往台州任职而作。通过描绘友人赴任台州的场景和诗人对友人的期许与赞赏，展现了权德舆对清廉官员的尊重。崔稚璋不嫌台州之远，愿意接受微薄的俸禄，展现了他的责任感和奉献精神。诗人以台州美丽的自然景观象征友人高洁的品德和卓越的才华，表达了对友人在台州能够得到认可和支持的期望，以及对其政绩的期待。整首诗语言优美，意境清新，既表达了对友人的送别之情，亦展现了台州的自然风光和人文风貌。

寒 山

  寒山，一称寒山子。生卒年不详，一说初唐贞观时人，一说中唐大历中人。据传大历中始隐居天台七十余年，享年一百多岁。与国清寺僧丰干、拾得交好，世称"天台三圣"（或作"三隐"）。寒山一生诗作颇多，留存至今的三百多首，编为《寒山子诗集》。寒山诗语言通俗直白，浅显中见深奥，暗藏禅意，多有醒世之语，机趣盎然，耐人寻味。

迥耸霄汉外

迥耸霄汉外，云里路岧峣。[1]

瀑布千丈流，如铺练一条。

下有栖心窟，横安定命桥。[2]

雄雄镇世界，天台名独超。[3]

（《寒山诗注》）

注 释

[1]岧峣（tiáo yáo）：山势高峻。　[2]栖心窟：归心修道的洞窟。定命桥：指天台山石梁桥，宽不盈尺，下临绝壑，为天台山绝险之处。借喻

为考验世人渡过迷津、通往佛界的桥梁。　　[3]镇：居高压下之意。谓雄踞于世界之上。

宋　马远　寒山子图

赏　析

寒山子曾云"卜择幽居地，天台更莫言"，认为选择隐居的地方，没有比天台更好的了。这首诗从"迥耸霄汉外"起笔，以"雄雄镇世界，天台名独超"作结，对天台胜境作出了高度评价。天台山高耸于云霄之上，山势高峻，山路仿佛在云雾里穿行。高山上倾泻的千丈瀑布，像一条白练悬挂在山腰。这深山之中既有栖心修道的洞窟，也有引渡迷津、横跨仙界的仙桥。在这雄伟峻拔的顶峰上纵览世界，天台山的名声最为超然卓绝。此诗借景抒情，描写天台山险峻、雄伟的景象，以及到达顶峰、超然卓绝的心理感受，体现了诗人体悟自性真如以后，凌空出世、独超象外的精神境界。

拾　得

　　拾得，生卒年不详，与寒山为同时代人。天台国清寺僧丰干在赤城道上拾而养之，故名"拾得"。与寒山为友，能诗，后人辑寒山诗集，附录拾得诗，《全唐诗》存其诗五十多首。

迢迢山径峻

　　迢迢山径峻，万仞险隘危。[1]

　　石桥莓苔绿，时见白云飞。[2]

　　瀑布悬如练，月影落潭晖。

　　更登华顶上，犹待孤鹤期。

（《寒山子诗集》）

注　释

[1] 迢迢：高远的样子。险隘：险要处。　[2] 莓苔：指天台石梁上的莓苔。孙绰《游天台山赋》："践莓苔之滑石，搏壁立之翠屏。"

赏　析

　　拾得从小就生活在天台国清寺，对天台山风景名胜非常了解。

此诗描写天台山石梁飞瀑的胜景，堪称写景名作。作者通过对山径、石桥、莓苔、白云、瀑布、月影等具体景物的细致描写，使读者如临其境。险峻的山径和高悬如练的瀑布等景象，让人感受到大自然的雄伟力量，同时也体现出诗人心境的澄明高远。再向华顶峰上攀登，等待仙鹤如期飞至，表达了诗人对超脱尘世的向往和更高精神境界的追求。全诗语言简洁凝练，生动地勾勒出一幅险峻而又充满诗意的山水画卷。

宋　梁楷（传）　寒山拾得图

张 籍

张籍（766—约830），字文昌，原籍吴郡（今江苏苏州），后移居和州（今安徽和县）。唐代中后期诗人。贞元十五年（799）登进士第，历任水部员外郎、主客郎中、国子司业等职，世称"张水部"或"张司业"。中唐时期"新乐府运动"的积极支持者和推动者，与王建齐名，世称"张王"。张籍的学生项斯，是台州乐安（今仙居）人，两人交往甚密，惺惺相惜，互有诗歌酬唱。

送辛少府任乐安[1]

才多不肯浪容身，老大诗章转更新[2]。
选得天台山下住，一家全作学仙人。

（《张籍集系年校注》卷六）

注 释

[1]辛少府：失其名，生平不可考。少府，唐代县尉的别称。乐安：台州市仙居县旧名。　[2]老大：年岁大了。

赏 析

这首诗是张籍送别辛少府去乐安任职时所作。首句赞扬辛少府才华出众，不愿随意安身，表现出其对自我价值的追求和坚守。第二句说明随着年岁增长，辛少府的诗章反而更加新颖，凸显其文学造诣不断提升。后两句想象辛少府在天台山下居住，一家人都过上如同仙人般的生活。这一方面展现了仙居环境的神秘与美好，让人产生向往之情；另一方面也表达了诗人对友人未来生活的美好祝愿，希望友人在新的履职地能过上宁静惬意的生活。整首诗语言简洁明快、情感真挚，既表达了对友人的赞美和祝福，诗歌中提到的天台山又为诗歌增添了一抹浪漫神秘的色彩。

李 绅

　　李绅（772—846），字公垂，江苏无锡人。元和元年（806）登进士第，武宗时官至中书侍郎、同平章事，罢为淮南节度使。与李德裕、元稹同时，号"三俊"，与元稹、白居易为诗文交，是"新乐府运动"的参与者，有名句"谁知盘中餐，粒粒皆辛苦"。李绅一生多次往来于浙东浙西，有《追昔游诗》《杂诗》。曾于贞元十六年（800）、十八年游天台山。大和七年（833），任浙东观察使，游台越。

华 顶

欲向仙峰炼九丹，独瞻华顶礼仙坛。[1]

石标琪树凌空碧，水挂银河映月寒。

天外鹤声随绛节，洞中云气隐琅玕。[2]

浮生未有从师地，空诵仙经想羽翰。[3]

（《李绅集校注》编年诗）

注 释

[1] 九丹：道教称服后可长生的九种丹药。　[2] 绛节：传说中仙界的

一种仪仗。琅玕：传说中的仙树，其实似珠。　　[3]羽翰：得道者羽化登仙，指仙人。

赏　析

  此诗是李绅于贞元十八年游天台山时所作。描绘了天台山顶峰的高峻凌虚，并把天台山喻为仙山，把华顶峰当作仙坛顶礼膜拜。诗人想要到仙峰上修炼仙丹，于是独自登上华顶峰去礼拜仙坛。看到华顶峰上琪树高耸入云，瀑布悬挂下来如同银河般映照出清冷的月色。天外传来仙鹤的声音，伴随着仙人的仪仗，山洞中云气弥漫，仙树隐没其中。诗人感慨自己此生还没有找到能够跟随名师修炼的地方，只能诵读着仙经想象能够像仙人一样拥有羽翼自由地翱翔。诗人以琪树、银河、鹤声、云气、琅玕等意象生动地营造出华顶神秘且如仙境般的氛围，表达了诗人对修仙问道、追求超凡脱俗境界的向往和渴望。

白居易

　　白居易（772—846），字乐天，晚号香山居士，又号醉吟先生。原籍山西太原，祖上迁居下邽（今陕西渭南）。贞元十六年（800）进士及第。官至刑部尚书。与元稹共同倡导"新乐府运动"，世称"元白"。有《白氏文集》。长庆二年（822）七月任杭州刺史，对天台山满怀深情，多次以天台胜迹与神话传说为题材创作诗词，如《和送刘道士游天台》《厅前桂》《缭绫》《寄题上强山精舍寺》等。

题赠郑秘书征君石沟溪隐居（节选）[1]

郑生尝隐天台，征起而仕。今复谢病，隐于此溪中。

郑君得自然，虚白生心胸。[2]

吸彼沆瀣精，凝为冰雪容。[3]

大君贞元初，求贤致时雍。[4]

蒲轮入翠微，迎下天台峰。[5]

赤城别松乔，黄阁交夔龙。[6]

俯仰受三命，从容辞九重。[7]

出笼鹤翩翩,归林凤雍雍。

在火辨良玉,经霜识贞松。

(《白居易诗集校注》卷五)

明　沈周　天台山图(局部)

注　释

[1]郑秘书:生平不详,应是唐朝皇帝从天台山征召的贤达,最后还山隐居。征君:对征召贤达的尊称。　[2]虚白:比喻心中恬静空明、纯净无欲。　[3]沆瀣:指夜间的水汽、露水。古时多形容仙人所饮。
[4]大君:天子,此指唐德宗。贞元:唐德宗李适(kuò)的年号。时雍:犹如和熙,亦指时世太平。　[5]蒲轮:指用蒲草裹轮的车子。蒲是草之美者,古时常用于封禅或迎接贤士,以示礼敬。　[6]黄阁:借指宰相。唐朝时的门下省亦称"黄阁"。夔龙:相传舜的二臣名,夔为乐官,

龙为谏官。　[7]三命：周代分官爵为九等，称"九命"。三命为公、侯、伯之卿。后泛指京官。九重：喻帝王居住的地方，又借指帝王。

赏　析

  此诗详细叙述了郑君从隐居天台到被朝廷征召任职，再到因病辞官归隐的全过程，塑造了郑君天性自然、心怀空明的隐士形象。开篇阐述隐居天台山的郑君在贞元初期受到君王的器重，告别了山中的仙人隐士，来到朝中与贤能之士相交。虽然在京获得殊荣，最终仍从容辞别京城。接着，诗人想象郑君离京后，重新回归自然的景象，就如出笼之鹤、归林之凤般自由自在。全诗语言简洁明了，富有韵味。诗人在诗中流露出对郑秘书高洁脱俗、悠然自在生活的赞美和向往，表达了自己对官场生活的厌倦和对超脱尘俗、隐逸林泉的追求与渴望，也透露出对人生境遇的感慨和无奈。

元　稹

元稹（779—831），字微之，河南人。唐代著名文学家、政治家。贞元九年（793）以明经科及第，次登书判拔萃科。穆宗长庆二年（822）入相，罢相后出为武昌军节度使。有《元氏长庆集》。长庆三年至大和三年（823—829）九月，任浙东观察使兼越州刺史，与同在江南的白居易、李复言、李德裕、刘禹锡等人唱酬往来颇多。

赠毛仙翁[1]

仙驾初从蓬海来，相逢又说向天台。[2]
一言亲授希微诀，三夕同倾沉瀣杯。[3]
此日临风飘羽卫，他年嘉约指盐梅。[4]
花前挥手迢遥去，目断霓旌不可陪。[5]

（《元稹集·外集续补》卷一）

注　释

[1]毛仙翁：唐代高道，名干，字鸿渐，栖隐于天台山。唐代天台高道杜光庭曾作《毛仙翁传》以记之。当时名士朝臣如白居易、刘禹锡、李绅、李益、王起、沈传师等近二十人皆有"赠毛仙翁"诗作。　[2]蓬海：传说中的海上仙山蓬莱。　[3]希微：意谓空寂玄妙之境。　[4]羽卫：卫队和仪仗。盐梅：盐和梅子，日常所用调味品，以烹调喻治国理政，后世遂以盐梅指代宰相之职。此句意指毛仙翁预言元稹将来会重新做宰相。　[5]霓旌：以云霓为旌旗，指远处的云气如同陪伴仙翁的旌旗。

赏　析

　　元稹以细腻的笔触描绘了一场超凡脱俗的仙凡际遇，字里行间流露出对仙风道骨的向往与敬仰。在唐代，道教盛行，士人普遍对道家文化抱有浓厚的兴趣，追求长生不老、超脱尘世的境界，天台更是许多好道之士向往的仙境。首联开篇描写了一位仙人自蓬莱仙境翩然而至，说起天台之约，随后又通过"亲授希微诀"展现了仙翁传授深奥道法的神圣，"三夕同倾沆瀣杯"则描绘了与仙翁共饮仙露琼浆的欢畅与惬意，尽显人间难得几回闻的奇遇。颈联借"飘羽卫"之景，暗喻仙翁超凡脱俗之姿，同时以"盐梅"之喻，表达了对未来美好愿景的期许，寓意深远。最后一个"断"字将诗人对仙翁离去的不舍与无奈展现得淋漓尽致。

贾 岛

贾岛(779—843),字阆仙,一作浪仙,范阳(今河北涿州一带)人。做过遂州长江县主簿,故世称"贾长江"。工诗,长于五律,与韩愈、孟郊、张籍、王建、姚合、无可等交游酬唱,为著名苦吟诗人。与孟郊齐名,并称"郊岛"。著有《长江集》《诗格》等。

送僧归天台

辞秦经越过,归寺海西峰。[1]

石涧双流水,山门九里松。

曾闻清禁漏,却听赤城钟。[2]

妙字研磨讲,应齐智者踪。[3]

(《贾岛集校注》卷五)

注 释

[1]辞秦:离开长安。秦,指长安。经越过:从长安至天台要经过越州。海西峰:天台山主峰华顶东临大海,可观日出,在东海西边,故称"海西峰"。　[2]清禁漏:指宫中计时器。　[3]妙字:智者大师曾"九旬谈妙",用九十天时间讲述《妙法莲华经》的"妙"字。"应齐"句:

追随智者大师的足迹上天台山修道。智者，法名智颉（538—597），俗姓陈，为佛教天台宗的创始人。

赏　析

  此诗为贾岛从陕西送僧人朋友归天台山时所作。这位僧人，应该是得到朝廷重视的高僧，曾经在长安的皇宫里服务，他离开长安返回天台山国清寺，贾岛写此诗为他送行。诗中描绘寺前风景清幽，岩石间有双涧流水，山门外有九里松径。曾经在长安皇宫中听过计时的漏声，现在要回到天台聆听赤城山的钟声。智者大师曾"九旬谈妙"，现在朋友回到天台山，应该去追寻智者大师的踪迹。全诗语言凝练、质朴，描摹了返回的行程和国清寺周边的景色，并表达了对智者大师的敬仰之情。

李德裕

李德裕（787—850），字文饶，赵郡（今河北赵县）人。唐代杰出政治家、文学家。历仕宪宗、穆宗、敬宗、文宗、武宗、宣宗六朝，多次担任宰相。历代对其评价甚高，李商隐誉之为"万古良相"。近代梁启超更是将他与管仲、商鞅、诸葛亮、王安石、张居正并列，称为封建时代六大政治家之一。

临海太守惠予赤城石报以是诗 [1]

闻君采奇石，剪断赤城霞。

潭上倒虹影，波中摇日华。[2]

仙岩接绛气，溪路杂桃花。[3]

若值客星去，便应随海槎。[4]

（《李德裕文集校笺·别集》卷一〇）

注　释

[1] 赤城石：天台县白鹤镇左溪山的彩石，因红色居多而得名。
[2] 日华：太阳的光辉。　　[3] 绛气：云霞的红色光彩。　　[4] 客星：中国古代对天空中新出现的星的统称，这类天体如"客人"一样寓于天空

常见星辰之间，亦以指客人。海槎：指仙人所乘的海船，传说中，天河与海相通，每年八月有浮槎来往。有人乘槎至天界，并与牵牛晤谈。后遂用以为典。

赏　析

　　该诗开篇以奇特的想象，用"赤城霞"这一浪漫的意象，写出赤城石的来历不凡，接着描绘了石头在水中呈现出的美丽光影效果，充满了诗意和动感。然后进一步描绘出一幅美丽的春日图景，"绛气"形容赤城山丹霞地貌，"溪路杂桃花"指天台山的桃源春晓景区，赞美台州风光如仙境般美好。最后在前面写景的基础上，增添了一丝缥缈虚幻的意味。整首诗语言优美，意境开阔，将赤城石与周边的美景相结合，营造出奇幻美妙的氛围，展现了诗人丰富的想象力和对美好事物的追求。

许　浑

许浑（约788—约860），字用晦，一作仲晦，润州丹阳（今江苏丹阳）人。文宗大和六年（832）登进士第，历郢、睦二州刺史。有《丁卯集》。许浑曾多次前往浙江，早年曾游越中，寓居台州，留下《过台州李郎中旧居》《陪越中使院诸公镜波馆饯明台裴郑二使君》《思天台》《发灵溪馆》《宿东横山》等十多首与台州相关的诗作。

早发天台中岩寺度关岭次天姥岑[1]

来往天台天姥间，欲求真诀驻衰颜。[2]
星河半落岩前寺，云雾初开岭上关。[3]
丹壑树多风浩浩，碧溪苔浅水潺潺。[4]
可知刘阮逢人处，行尽深山又是山。[5]

（《丁卯集笺证》卷六）

注　释

[1] 中岩寺：在今天台县城北六里赤城山上。关岭：今天台与新昌交界地，在天台一侧之山岭，又称虎狼关。次：停驻。意为先度关岭，再至

天姥岑而止。　[2]真诀：又称真言，修炼成仙的秘诀，长生之术。[3]岭上关：指关岭。　[4]丹壑：赤褐色的山谷。　[5]刘阮：刘晨和阮肇。东汉时期，有两人入天台山采药遇仙的传说。见南朝宋刘义庆《幽明录》。

赏　析

据元代辛文房《唐才子传》记载，许浑"早岁尝游天台，仰看瀑布，旁眺赤城，辨方广于霏烟，蹑石桥于悬壁，登陟兼晨，穷览幽胜"，留下多首关于天台的诗作。这首诗就是他早年游览天台时所作，描绘了他往来于天台山与天姥山之间的情景，表达了想要寻求长生不老术和驻颜之术的愿望。诗人拂晓赶路，看到的是星河渐隐、云雾初开的朦胧景象，以及丹壑清风、碧溪流水的清幽景致。然而，当他行尽深山，却发现仍然有更多的山峦等待他去探索。这里的"又是山"既是对现实景象的描绘，也寓意对长生不老之法的追求永无止境。全诗语言优美，意境深远。诗中借用刘晨、阮肇遇仙的典故，既增添了天台山的神秘色彩，也表达了作者对仙境的向往。

施肩吾

施肩吾，生卒年不详，字希圣，号栖真子，睦州分水（今属浙江桐庐）人。宪宗元和十五年（820）进士，历宪宗、穆宗、敬宗、文宗诸朝。因好道教神仙之术，乃学道求仙，被张籍称为"烟霞客"。曾往来于山阴（今绍兴）、天台、四明（今宁波），后隐洪州之西山，世称"华阳真人"。施肩吾工诗，风格奇丽，好为冶游香艳之词。有《施肩吾诗集》。

送人归台州

莫驱归骑且徘徊，更遣离情四五杯。

醉后不忧迷客路，遥看瀑布识天台。[1]

（《唐五代诗全编》卷六七八）

注　释

[1]迷客路：暗用刘晨、阮肇天台桃源采药遇仙女典故。瀑布：指天台桐柏瀑布，孙绰《游天台山赋》"瀑布飞流以界道"即谓此。

赏　析

　　施肩吾是唐代著名诗人，虽然进士及第，但一直向往仙道，最后选择归隐山林。天台山曾是他游历隐居的去处之一，这首诗是他送友人返回台州时所作。语句平白如话，生动地展露出诗人送行时的离情别绪，也表达了诗人对天台的怀念之情。

元　赵苍云　刘晨阮肇入天台山图（局部）

朱庆馀

朱庆馀,生卒年不详,名可久,字庆馀,以字行,越州(今浙江绍兴)人。宝历二年(826)进士,授秘书省校书郎。其诗学张籍,近体尤工,诗意清新,描写细致。有《朱庆馀诗集》。

台州郑员外郡斋双鹤[1]

丹顶分明音响别,况闻来处隔云涛。
情悬碧落飞何晚,立近清池意自高。
向夜双栖惊玉漏,临轩对舞拂朱袍。[2]
仙郎为尔开笼早,莫虑回翔损羽毛。[3]

(《朱庆馀诗集》)

注 释

[1]郑员外:疑是郑仁弼,大和六年(832)任台州刺史。 [2]玉漏:古代玉制的计时器,此处借指时间流逝。 [3]仙郎:唐代尚书省郎官的美称。

赏　析

　　这是一首咏物诗,诗人以双鹤为题材,借物抒怀,表达了对郑仁弼高洁品性的赞美和对其未来的美好祝愿。诗人首先描绘了双鹤丹顶及其独特的鸣声,暗示鹤的来源神秘,增添了意趣。然后运用拟人手法,赋予鹤人的情感和高尚的品格,暗含着对郑仁弼高洁品质的赞美。再通过描绘双鹤夜晚栖息情景,表现出双鹤的优雅和高洁,隐喻郑仁弼为人清廉和其超然物外的思想境界。最后表达了对郑仁弼未来美好前程的祝愿。整首诗寓意深刻,情感真挚,不仅展现了诗人对郑仁弼的敬仰,也透露出诗人对高洁人格和美好未来的追求。

项 斯

项斯（约802—约847），字子迁，台州乐安（今浙江仙居）人。其诗集被《新唐书·艺文志》著录并流传至今。会昌四年（844），项斯带着自己的诗作谒见国子祭酒杨敬之，杨阅后大加赞赏，作《赠项斯》："几度见诗诗总好，及观标格过于诗。平生不解藏人善，到处逢人说项斯。"使得项斯声名鹊起。次年擢进士第，官至润州丹徒尉。"逢人说项""极口项斯"成为后世流传的成语典故。项斯是台州历史上第一位进士，也是第一位走向全国的诗人。

华顶道者

仙人掌中住，生有上天期。[1]

已废烧丹处，犹多种杏时。

养龙于浅水，寄鹤在高枝。

得道复无事，相逢尽日棋。

（《项斯诗集》）

注 释

[1] 上天期：升入天界的机会。

赏 析

　　这是一首描绘道士生活的诗歌,通过对华顶道者生活状态和情趣的描绘,展现了诗人对超然世外、与世无争的生活态度的赞赏。整首诗营造出一种清幽、高远、闲适的氛围,表达了对道家追求自然、无为而治的生活哲学的认同,也体现出诗人对这种境界的向往。

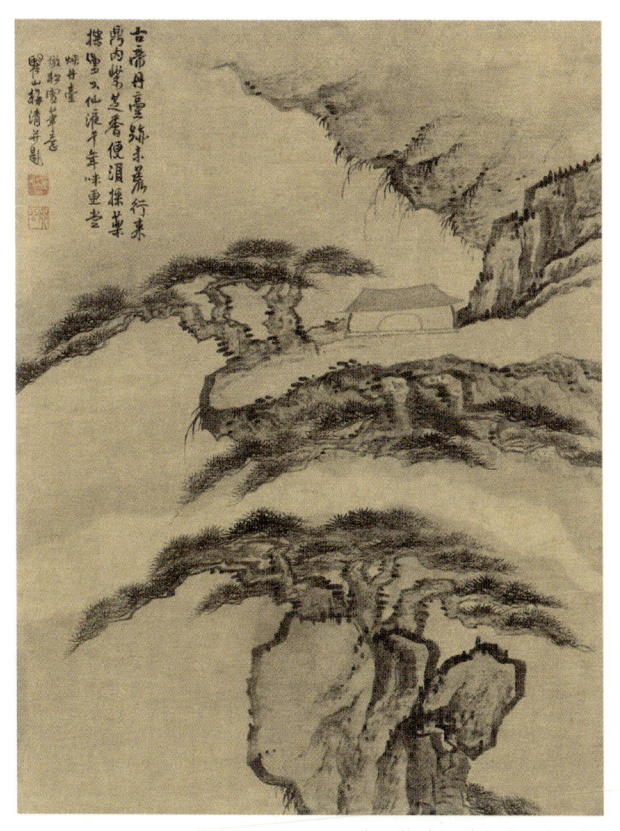

清　梅清　炼丹台图(局部)

方　干

方干（？—约888），字雄飞，门人私谥为玄英先生，原籍睦州清溪（今浙江淳安）。大和九年（835）曾干谒杭州刺史姚合。一生科举失意，遁隐会稽，渔于鉴湖，放浪山水间。有《玄英先生诗集》。

因话天台胜异仍送罗道士行[1]

积翠千层一径开，遥盘山腹到琼台。[2]
藕花飘落前岩去，桂子流从别洞来。
石上丛林碍星斗，窗边瀑布走风雷。
纵云孤鹤无留滞，定恐烟萝不放回。[3]

（《唐五代诗全编》卷七三七）

注　释

[1]天台胜异：即修道栖真胜境，以桃源、琼台、桐柏等为最著。罗道士：前往天台的修道者。　[2]积翠：指青山。　[3]烟萝：借指隐居者或修真者。此句典用"刘阮桃源遇仙"。

赏　析

　　这首诗是方干送他的朋友罗道士去天台山修道时所作。全诗描写的天台胜异，主要是桐柏宫附近的道教区域，以琼台、桐柏为标志，通过积翠、荷花、桂子、丛林、瀑布、孤鹤等衬托出天台仙山的独特景象。此诗既是预祝罗道士入天台山修仙有成，也表达了与朋友难以再见的遗憾之情。

明　谢时臣　天台真胜图

任 藩

　　任藩，生卒年不详，也称任翻或任蕃，江东（江苏南部一带）人。唐代末期诗人，活跃于唐会昌年间。曾在台州寓居，游览巾子山，并在山中的禅寺墙壁上题诗，该诗因其优美的意境和细腻的描写而广为流传，成为他的代表作之一。

题天台寺壁[1]

绝顶新秋生夜凉，鹤翻松露滴衣裳。
前村月照半江水，僧在翠微开竹房。[2]

（《任藩小集》）

注　释

[1]诗题一作"宿巾子山禅寺"，又作"宿帢帻精舍"。相传诗中原句为"前村月照一江水"，任藩写完离开百余里，想要回去改作"半江水"，没想到回来后，发现他人已将"一"字改成"半"字。由于该诗描写细腻，动静得宜，因而不胫而走，脍炙人口。后人题诗云："任蕃题后无人继，寂寞空山二百年。"　[2]竹房：竹制的房屋，常指禅房或隐士的居所。

赏 析

  这首诗描绘了诗人在初秋时节游览巾子山的所见所感。首句点明了时间和地点，以及初秋山顶的凉意；次句通过鹤的翻飞和松露滴落的细节，展现了山中的静谧与清幽；第三句则将视角从山顶拉至山下，月光映照下的江水显得宁静而深远；末句以僧人的活动收尾，增添了禅意和隐逸之趣。整首诗动静结合，意境深远，体现了诗人对自然之美的深刻感悟和向往。通过这首诗，我们可以感受到任藩对自然景物的敏锐观察和细腻描绘能力，以及他内心的淡泊与超脱。

贯 休

贯休（832—912），俗姓姜，字德隐，号禅月大师，婺州兰溪（今浙江兰溪）人。大中六年（852）受具足戒后，在五泄山修习苦行十年。天复元年至三年间（901—903）西行赴蜀，受到王建厚遇，终老蜀中。有《西岳集》，死后弟子昙域重编为《禅月集》。贯休曾于咸通七年（866）游历天台，其间曾作《天台老僧》《题友人山居》《寄天台道友》《送僧游天台》《送道士归天台》《送僧归天台寺》等。

送道友归天台

藓浓苔湿冷层层，珍重先生独去登。
气养三田传未得，药非八石许还曾。[1]
云根应狎玉斧子，月径多寻银地僧。[2]
太守苦留终不住，可怜江上去腾腾。

（《贯休诗歌系年笺注》卷二六）

注 释

[1]气养三田：道教气功以脐下三寸为下丹田，心口处为中丹田，两

眉间为上丹田,合称"三田"。八石:道家炼丹的八种石质原料。

[2]云根:云起处。玉斧子:应指仙人许翙,东晋道士,小名玉斧。银地:佛经中谓菩萨居所。天台银地岭为古佛道场。

五代 贯休 罗汉图

赏　析

　　此诗描绘了天台山的幽深与神秘，诗人借送道友归山之情，抒发了对隐逸生活的向往及对道术的尊崇。贯休身为晚唐五代著名诗僧，一生云游四方，对山水有独到感悟。天台山以其秀丽山水、深厚道教文化闻名天下。诗中"藓浓苔湿"绘其幽静，道友独登显其高洁之志。提及"气养三田""药非八石"，暗含道家养生之术，反映出天台深厚的文化底蕴。"云根""月径""玉斧"更添仙境色彩，更显仙灵之气。太守挽留不住道友，暗含道友对尘世羁绊的超越，"江上去腾腾"则预想其归途的洒脱与自由。整首诗融合了自然美景与超脱情怀，展现了诗人对精神自由的向往与追求。

皮日休

皮日休（约838—约883），字袭美，一字逸少，因曾居襄阳鹿门山，故号鹿门子，又号间气布衣、醉吟先生，襄阳（今属湖北）人。咸通八年（867）进士及第，曾为太常博士。后为黄巢军所得，任命为翰林学士。巢败被杀。皮日休与陆龟蒙齐名，世称"皮陆"。著有《皮子文薮》等。

寄题天台国清寺齐梁体 [1]

十里松门国清路，饭猿台上菩提树。[2]

怪来烟雨落晴天，元是海风吹瀑布。

（《松陵集》卷一〇）

注　释

[1] 齐梁体：南朝齐梁时的一种诗体，多讲求韵律对偶。　[2] 松门：古代从天台县城至国清寺十里地皆植参天松树，故名。饭猿台：旧传国清寺僧人在五峰胜景处设有喂猿的食台。

赏　析

　　此诗为皮日休遥想天台山国清寺之作。国清寺为著名的隋代古刹、天台宗祖庭，旧时从天台县城到国清寺十里路为万松径，沿途古松参天，至国清寺口为松门。旧传国清寺僧人在五峰胜景处设饭猿台，给猿猴施食。天晴之时却突然细雨飘落，使人感到奇怪，原来是海风吹动了瀑布的水流，洒到了人的身上。此诗以天台山国清寺为主题，描写了周边的万松径、饭猿台、菩提树，最后落脚到海风与瀑布，音韵严谨，遣词晓畅，体现了齐梁体的特征。

陆龟蒙

陆龟蒙（？—约881），字鲁望，自号江湖散人、天随子、甫里先生，姑苏（今江苏苏州）人。举进士不第，曾任苏州、湖州从事，后归乡不出，隐居松江甫里（今苏州甪直）。有《笠泽丛书》《甫里集》。与皮日休多有往来酬唱，同享盛名，并称"皮陆"。曾游浙东台越、四明等地，留下诸多诗篇。

和袭美腊后送内大德从勖游天台 [1]

应缘南国尽南宗，欲访灵溪路暗通。[2]
归思不离双阙下，去程犹在四明东。[3]
铜瓶净贮桃花雨，金策闲摇麦穗风。[4]
若恋吾君先拜疏，为论台岳未封公。

（《松陵集》卷八）

注释

[1] 袭美：即皮日休。此诗为唱和皮日休所作。 [2] 南宗：特指天台宗。灵溪：连接浙江天台桐柏瀑布之溪。诗原注："溪在天台山下。"
[3] 双阙：指天台山琼台双阙。四明：山名，发脉于天台山，绵亘于嵊

州、上虞、余姚、慈溪、奉化等县市。以其山顶有一四面玲珑的石窗而得名。　[4]金策：指禅杖。麦穗风：诗原注："上人指期国清过夏。"当指麦子收割季节。

赏　析

　　陆龟蒙此诗为唱和皮日休送别长安大内僧人从勖游天台的作品，并融入了对天台山佛国的美好向往及个人情感的抒发。诗中"应缘南国尽南宗"，江南地区尊崇天台宗，暗指佛教在南方的广泛影响，展现了诗人对超脱尘世生活的向往。通过描绘友人携铜瓶、金策，准备在天台国清寺度夏的场景，展现了其清修之志。末句则以幽默口吻，向友人提出建议。虽为戏谑之意，却透露出诗人的超脱与豁达。

杜荀鹤

　　杜荀鹤（846—904），字彦之，自号九华山人，池州石埭（今安徽石台）人。唐昭宗大顺二年（891）登进士第。后依附朱温，表荐为翰林学士、主客员外郎、知制诰。交游很广，其留存诗作多数为交游诗。曾游历浙东三次，咸通十一年（870）姚鹄任台州刺史时，曾往游台州。有《春日行次钱塘却寄台州姚中丞》《寄临海姚中丞》《登天台寺》《送僧归国清寺》《送项山人归天台》等相关诗篇。

登天台寺[1]

一到天台寺，高低景旋生。

共僧岩上坐，见客海边行。

野色人耕破，山根浪打鸣。[2]

忙时向闲处，不觉有闲情。

（《杜荀鹤诗》卷上）

注　释

[1] 天台寺：即国清寺，初名天台寺。　　[2] 山根：山脚。

赏　析

  天台山濒临东海，被誉为海上仙山，一直为文人墨客所神往。杜荀鹤曾多次游历浙东，并登览天台。此诗展现的是作者登临天台山领略到的景象。登上天台山，古寺周围胜景佳妙、高低错落，移步换景，令人目不暇接。诗人和僧友在岩石上共坐闲谈，看到有探奇访胜的游人在海边行走。远望山野，有农民耕田的身影；天台山根脉深入海中，不时有海浪拍打而发出的鸣声传来。在案牍繁忙的时候，想到登临天台山的悠闲，不由得产生悠然惬意的情致。全诗语言清丽，诗意恬淡，表达了作者对山居闲适生活的向往。

杜光庭

　　杜光庭（850—933），字圣宾，又作宾圣，号东瀛子，处州缙云（今属浙江）人，一作长安（今陕西西安）人。唐末五代道士和道教学者，博通经、子，早年学习儒学，应九经试未中后，入天台山学道。杜光庭曾被唐僖宗召入蜀，赐以紫袍，充麟德殿文章应制，为内供奉。晚年隐居在青城山白云溪，致力修道，对道教教义、斋醮科范、修道方术等多方面有深入研究和整理，对后世道教影响深远。

题空明洞 [1]

窅然灵岫五云深，落翮标名振古今。[2]
芝术迎风香馥馥，松桂蔽日影森森。[3]
从师只拟寻司马，访道终期谒奉林。[4]
欲问空明奇胜处，地藏方石恰如金。[5]

（《全唐诗》卷八五四）

注 释

[1]空明洞：即委羽山洞，在台州市黄岩区城南两千米处的委羽山，道书称"天下第二洞天"，又名"大有空明洞"。相传高道刘奉林在此炼丹成功，控鹤上升，因而闻名。据《委羽山志》记载，道教名人李八百、赵伯玄、西灵子都、司马季主等数十人，都在委羽山得道升天。
[2]窅然：深邃的样子，形容洞壑之深。灵岫：指秀美的山峰。五云：道家所说的五色祥云，寓含仙境之意。落翮：指刘奉林得道飞升的故事。《台州府志》："大有空明洞，道书以为天下第二洞天，刘奉林于此控鹤轻举，鹤尝坠翮，故以名山。" [3]馥馥：形容香气浓郁。
[4]司马：指高道司马承祯。奉林：指高道刘奉林。 [5]方石：指委羽山产的铁质方石，被高道们当作炼丹的主要材料。

赏 析

这首诗通过对灵岫、云朵、芝术、松桎、地藏方石等自然景观和神秘元素的描写，营造出一种神秘清幽、富有生机的意境，让人仿佛置身于超凡脱俗的世界。首先描写灵岫幽深、神秘庄重的环境，再加上古今传颂的美名，展现出空明洞非凡的历史底蕴。接着描写空明洞充满生机与宁静之美的自然景观。后两句表达了追寻司马承祯和刘奉林等道家高人的美好愿望，以及对空明洞奇胜的向往。全诗情景交融，尽显空明洞的美妙与神秘，蕴含诗人对道家境界的追求。

曹 唐

　　曹唐，生卒年不详，字尧宾，桂州（今广西桂林）人，一说郴州（今属湖南）人。初为道士，后还俗。宣宗大中年间举进士不第，咸通中累为诸府从事。与罗隐同时，以游仙诗名世。曹唐因向往天台桃源，曾长期客居天台山，写下了关于刘晨、阮肇在天台桃源遇仙的系列组诗五首。

刘晨阮肇游天台[1]

树入天台石路新，云和草静迥无尘。

烟霞不省生前事，水木空疑梦后身。

往往鸡鸣岩下月，时时犬吠洞中春。

不知此地归何处，须就桃源问主人。[2]

（《曹唐诗注》）

注　释

[1] 刘晨、阮肇：南朝宋刘义庆所撰《幽明录》记载：明帝永平十五年（72），刘晨与阮肇同入天台山采药，遇仙女，留半年返归，家中已过七代。后刘、阮重入天台访仙女，踪迹杳然。曹唐即以此为主题创作了一

组游仙诗，共五首，这里选录一首。　[2]桃源：位于天台县城西北，诗中指天台仙境，古代文人常用作指代天台。

赏　析

　　写天台桃源的诗词作品颇多，晚唐诗人曹唐所作的五首游仙诗最为脍炙人口，以组诗的形式完整刻画了刘晨、阮肇从"入山""遇仙"到"分别""相思""再入不见"的人神相恋的爱情故事，将刘、阮遇仙的爱情故事写得缠绵悱恻，令人产生无限遐想。这是组诗的第一首，描绘了天台山上的树木、石径、云霞、草色等景物，展现了天台桃源神秘清幽的景象，抒写了刘、阮二人误入桃源仙境时的惊喜与略带迷惘的心情。

元　赵苍云　刘晨阮肇入天台山图（局部）

齐　己

　　齐己（约860—约937），俗名胡得生，晚年自号衡岳沙门，潭州益阳（今属湖南）人。后梁时曾为龙兴寺僧正。有《白莲集》《风骚旨格》。酷爱山水，一度云游江南，结交名流。大约在唐昭宗龙纪元年（889）前后驻锡天台山，留下十多首有关天台山的诗作。

怀华顶道人[1]

华顶星边出，真宜上士家。[2]
无人触床榻，满屋贮烟霞。
坐卧临天井，晴明见海涯。[3]
禅余石桥去，屐齿印松花。[4]

（《白莲集》卷三）

注　释

[1]华顶道人：即华顶僧人，事迹不详，当为作者好友。齐己另有《怀天台华顶僧》诗可证。　[2]上士：高士，隐居山林的有道之人。
[3]海涯：海边。华顶晴天能见度好时可观东海日出，看见东海碧波。
[4]屐齿：谢公屐，谢灵运命人特制的一种穿在脚上的登山木屐，上山去掉前齿，下山去掉后齿，行走非常方便。

赏 析

　　齐己对天台山情有所钟，曾在天台隐居过一段时间，多首诗中都有相关描写。这首诗是作者写给在天台山华顶峰隐修的僧友的。诗人展开宏阔的想象，描写了华顶道人在山上独居潜修的情景：华顶峰高，上接星辰，是适宜高士居住的地方。这里人迹罕至，只有华顶道人坐卧天地之间，修禅于烟霞之中。天气晴好的时候，可以看到远方的大海。禅修之余，可以踩着木屐去石桥游览，在铺满松花的山径留下一串串脚印。全诗语句简洁凝练，意境高远冷峭，生动地展现了一幅深山隐逸的图卷。

浙江诗话

宋元

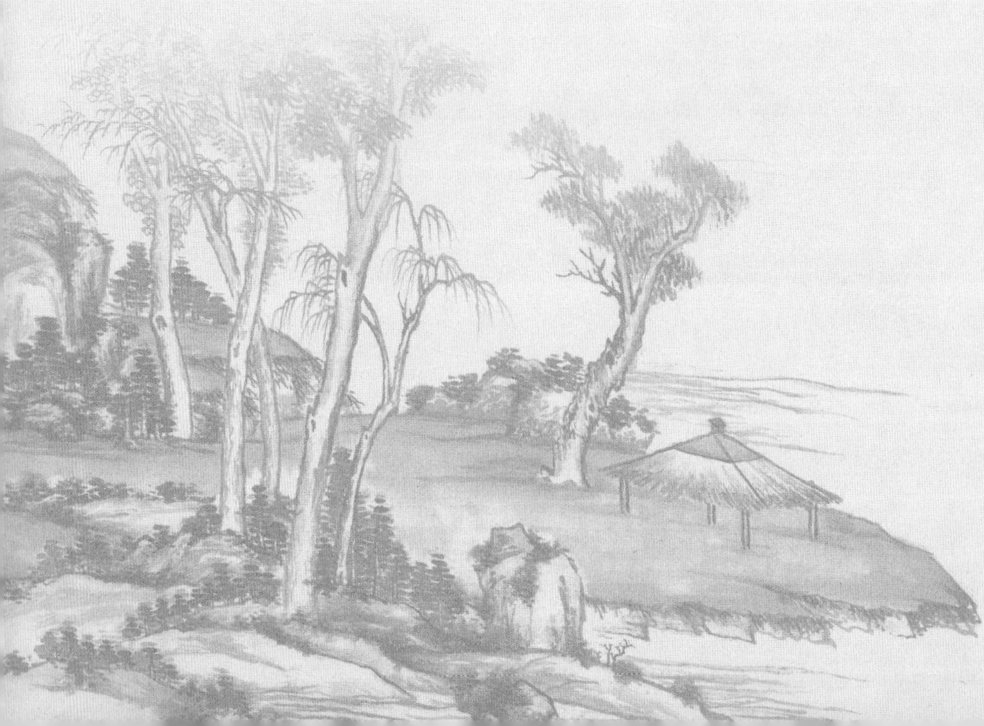

张无梦

张无梦,生卒年不详,字灵隐,号鸿蒙子,凤翔盩厔(今陕西周至)人。北宋时著名道士,著有《还元篇》《琼台集》。自幼即好清虚,崇尚道家。入华山,拜陈抟(即陈希夷)为师,修炼导引之术、还丹之法。真宗咸平初(约998)游天台山,先后在琼台峰、福圣观结庐隐居二十余年。

福圣观 [1]

台山小隐十余秋,曾伴仙翁处处游。[2]

瀑布长流天上雪,翠屏高倚洞前楼。[3]

云堆华顶寻飙驭,月满灵溪狎海鸥。[4]

此地重归别得路,赤城玉府透瀛洲。

(《天台续集》卷中)

注 释

[1] 福圣观:又名"天台观",在桐柏观南三井潭即瀑布岩左下方,今桐柏岭脚村西头。北靠玉泉峰王真君坛,南对灵溪水,西北是翠屏岩,东北近葛玄丹霞洞。始建于三国吴赤乌二年(239)。 [2] 仙翁:对道长

的敬称。　[3]瀑布：桐柏瀑布，又称"福圣观瀑布"，即今之天台山大瀑布。翠屏：福圣观西北翠屏岩。　[4]飙驭：神驾。

赏　析

　　张无梦对天台山有着深厚的感情，他虽多次被真宗皇帝召请，却还是回到天台山继续隐修生涯。这首诗大约为其应真宗第一次召请后，返回天台山时所作。诗中运用了丰富的意象和生动的描写。"瀑布长流天上雪"，将瀑布比作天上的积雪，形象地突出了瀑布的壮观。"云堆华顶寻飙驭"，运用想象描绘出云雾缭绕间在华顶追寻仙驾的景象，富有诗意和画面感，诗人陶醉于自然之美，对其充满赞赏之情。"赤城玉府透瀛洲"，则透露出诗人对所居之地的特殊情感和对精神境界的追求。作者不由回想起自己在天台十多年的隐修生活情景，曾陪伴仙翁四处游览，是那么惬意悠闲。这里瀑布长流、翠屏高倚、云堆月满，而今重新回到这个地方，有着别样的心境，似乎从这里能一直通向瀛洲仙境，表达了诗人超脱尘世、进入仙境般的愉悦和自豪之情。

林 逋

林逋（967—1028），字君复，钱塘（今浙江杭州）人。北宋著名隐逸诗人。出身于儒学世家，恬淡好古，终身不仕不娶，与梅花、仙鹤作伴，称为"梅妻鹤子"，宋仁宗赐谥和靖先生。有《和靖集》。早年曾游历江淮、四明、天台等地，后结庐隐居西湖孤山，遍游西湖诸寺庙，与诗僧酬唱赠答颇多，如《送文光师游天台》《送僧游天台》等。

闵师自天台见寄石枕 [1]

斫石自何许，枕之怀赤城。[2]

空庐复蕙帐，旦暮白云生。

（《林和靖集》卷四）

注 释

[1] 闵师：天台僧，与林逋交好，林逋另有诗作《闵师见写陋容以诗奉答》。　[2] 斫石：斫取石料。许：处。

赏 析

　　此诗开篇以石枕为引,抒发对天台山的深切怀念。"矸石"二字,透露出石枕之非凡,引人遐想其来自天台何处仙境。"怀赤城"则直接点出对天台山的思念,赤城山之美,令人魂牵梦萦。最后两句描绘出一幅清幽雅致的隐居图景,蕙草芬芳,庐舍空寂,旦暮之间,白云缭绕,宛如仙境。这不仅是诗人实际居住环境的写照,更是其内心世界的外化,表达了他对隐逸生活的热爱与向往。林逋一生未娶,以梅为妻,以鹤为子,其生平经历与诗歌中的隐逸情怀高度契合。遣词用句上,"矸石""赤城""空庐""蕙帐""白云"等词汇,既富有画面感,又蕴含深意,展现了诗人高雅的审美情趣和淡泊名利的生活态度。

夏 竦

夏竦（985—1051），字子乔，江州德安（今江西德安）人。北宋时期大臣、文学家。以父死国事起家。有《文庄集》等传世。初谥文正，后改谥文庄。留有《台州天庆观三官堂记》《台州延庆院记》《天台道中》《桐柏观》《石梁》等有关台州风物的诗文。

登台州城楼

楼压荒城见远村，倚阑衣袂拂苔纹。[1]

猿啼晓树枝枝雨，僧下秋山级级云。

招客酒旗临岸挂，灌田溪水凿渠分。

洞中应有神仙窟，缭乱红霞出紫氛。[2]

（《天台续集别编》卷一）

注 释

[1] 衣袂：指衣服的袖子。苔纹：苔藓的纹理。　[2] 神仙窟：传说中仙人居住的地方。

赏 析

　　这首诗通过对台州城楼及其周边自然景观的描绘，表达了诗人对自然美景的赞美和对台州这片土地的深厚情感。整首诗通过对城楼、远村、猿啼、僧影、酒旗、溪水、山洞、红霞等景物的描写，营造出一种既苍凉又充满生机，既现实又带有神秘色彩的意境。从荒城到远村，从自然景观到人间烟火，再到对神仙洞府的想象，诗歌的意境更加丰富多元。其中颔联动静结合，生动细腻地描绘了清晨的景象，体现了诗人对宁静生活的向往。尾联则赋予了这片土地神秘和超脱的色彩，使得整首诗作充满丰富的想象，蕴含深邃的意境。

梅尧臣

梅尧臣（1002—1060），字圣俞，世称"宛陵先生"，宣州宣城（今安徽宣城）人。皇祐三年（1051）得宋仁宗召试，赐同进士出身。曾官国子监直讲、都官员外郎，世称"梅直讲""梅都官"。在北宋诗文革新运动中与欧阳修、苏舜钦齐名，并称"梅欧""苏梅"，被刘克庄誉为宋诗"开山祖师"。曾参与编撰《新唐书》，注《孙子兵法》，有《宛陵先生文集》。

送天台李令庭芝[1]

吾闻天台久，未见天台状。

去海知几里，去天知几丈。

峰岭隐与出，岩壑背与向。

云雷反在下，泉瀑反在上。

幽深无穷窥，杳渺无穷望。

至险可悸栗，至怪可骇丧。

石桥弯长弓，跨绝弦未放。

当时白道猷，平步入青嶂。[2]

去为六百石，亦见志所尚。[3]

子欲广异闻，可以一寻访。[4]

（《梅尧臣集编年校注》卷二四）

注　释

[1]李令庭芝：李庭芝，工部尚书李堪之孙，皇祐元年进士，曾任天台县令。　[2]白道猷：又作帛道猷，东晋高僧。曾经遍游两浙名山胜水，相传曾在天台石梁修炼。　[3]六百石：汉代官制，六百石官的总称。后指县令。　[4]广异闻：增加新知与奇闻，增长见识。

赏　析

此诗以天台山的壮丽景色为引，蕴含对友人李庭芝的深情厚谊与美好祝愿。开篇"吾闻天台久，未见天台状"，表明作者没有到过天台，但对天台闻名已久。诗中"去天知几丈"等句，言天台之高峻。"峰岭隐与出，岩壑背与向"细腻描绘了天台山峰峦叠嶂、岩壑纵横的自然景观。"云雷反在下，泉瀑反在上""石桥弯长弓，跨绝弦未放"等句，更是以奇崛之笔，突破了常规视觉，展现了天台山独有的幽寂险峻与奇幻之美。末段提及白道猷平步青嶂的典故，既是对天台山的赞美，也是对李庭芝高洁志向的期许。整首诗遣词精炼，想象奇特，意境深远。

欧阳修

欧阳修(1007—1072),字永叔,号醉翁、六一居士,庐陵(今江西吉安)人。北宋政治家、文学家。仁宗天圣八年(1030)进士,景祐元年(1034)任馆阁校勘,官至翰林学士、枢密副使、参知政事。谥号文忠,世称"欧阳文忠公"。欧阳修名列"唐宋八大家"之一。是宋代文学史上最早开创一代文风的文坛领袖,领导了北宋诗文革新运动,对北宋文学发展作出了巨大贡献。苏轼称他"事业三朝之望,文章百世之师"。与宋祁合修《新唐书》,独撰《新五代史》,有《欧阳文忠公文集》等传世。有《送智蟾上人游天台》等与台州相关的诗作。

读杨蟠章安集 [1]

苏梅久作黄泉客,我亦今为白发翁。[2]
卧读杨蟠一千首,乞渠秋月与春风。[3]

(《欧阳修全集》卷一四)

注 释

[1] 杨蟠(约1017—1106),字公济,号浩然居士,临海章安(今属台州市椒江区)人,一作钱塘(今浙江杭州)人。庆历六年(1046)进士

及第。官至温州知州。有《章安集》。　[2]苏梅：北宋诗人苏舜钦和梅尧臣。黄泉客：指去世之人。　[3]乞渠：向他求讨。渠，他，指杨蟠。

赏　析

　　这首诗作于治平三年（1066），表达了作者对杨蟠诗歌的喜爱以及对时光流逝的感慨。首句暗示时光久远，似乎期望杨蟠能够扛起诗坛的大旗。接着次句表明自己也已年老，流露出对岁月匆匆的感叹。后两句生动地描绘了作者卧读杨蟠诗作的情景，含蓄地赞美了杨蟠的诗歌水平。诗人通过对阅读杨蟠诗集的描写，展现出对杨蟠诗作的热爱和赞赏，同时通过遥想过去的诗人，凸显了诗歌跨越时空的魅力。整首诗语言平实，情感真挚，富有感染力。

元 绛

元绛(1009—1084),字厚之,钱塘(今浙江杭州)人。北宋大臣、文学家。天圣八年(1030)进士及第,曾由江西转运判官转任台州知州。在任期间,出库钱建房安置遭洪灾的流民,修城门、设水闸,以防洪涛,为官勤政,为民着想。

将去郡席上呈同僚

在官七百二十日,只为台州不为身。

民事勤劳心力尽,世途忧畏鬓华新。

离筵欲醉樽前月,美景难留洞口春。

他日相逢应更好,诸君皆是眼中人。[1]

(《宋诗纪事补遗》卷八)

注 释

[1] 眼中人:指旧识或想念之人。

赏　析

　　这首诗是元绛离开台州时在宴席上呈给同僚之作。首联直接表达诗人在台州任职不为私利、只为民事的原则，毫不掩饰自己的高尚情怀，给人以真诚之感。接着感叹操劳民事使人心力交瘁，忧虑畏怯自己的人生道路而平添白发，进一步阐述了诗人在台州为官的辛苦与付出，同时也流露出对仕途艰难的感慨。后两句借离筵和台州美景的描写，表达了诗人对即将离开台州的不舍之情，期待着将来再次相逢时会更好。全诗情真意切，既展现了诗人对台州的深厚感情，也体现了与同僚的真挚情谊，语言朴实，情感深沉。

陈 襄

陈襄（1017—1080），字述古，号古灵，人称古灵先生，福州侯官（今福建闽侯）人。北宋理学家，"海滨四先生"之首，仁宗、神宗时期名臣。与郑穆、陈烈、周希孟并称"古灵四先生"。庆历二年（1042）进士，官至枢密直学士兼侍读。病逝后谥忠文。著有《古灵集》《易义》《中庸义》等。庆历八年任仙居县令，政绩卓著。离任时，民众攀车遮道，依依不舍。乾道七年（1171），百姓在南峰山桃花洞建古灵祠，以示纪念。留有《题仙居伟羌山六绝》《仙居县署岩老亭》等诗作。

和郑闳中仙居十一首（其十一）[1]

我爱仙居好，民纯不用拘。

间阎兴礼让，囹圄长蓁芜。[2]

网阔奸逾少，风恬恶自无。[3]

一年人已信，感激谢张弧。

（《古灵集》卷二三）

注　释

[1]此诗作于仙居任上。当时仙居"民尚朴野,罕知读书","民穷多变,监狱患满"。陈襄首倡教化,改文庙,创学官,延聘名师。先后作《劝学文》《劝俗文》,劝谕乡民遣子弟入学,并亲至县学讲学。自此仙居办学之风日盛,"弦诵相闻,人才蔚起"。有感于此,作诗十一首,表达对仙居的热爱和民生的关注。郑闳中:即郑穆(1018—1092),字闳中,福州侯官(今福建闽侯)人,北宋理学家、教育家,"古灵四先生"之一,开宋新儒学之先声。　[2]间阎:泛指平民百姓。榛芜:草木丛生的样子。　[3]网阔:法律宽松。风恬:社会风气平和。

赏　析

　　这首诗表达了诗人对仙居的喜爱与赞美之情,体现了诗人以仁治政、关爱民生。开篇直言"我爱仙居好",强调了诗人对仙居的喜爱之情。接着描述仙居民风淳朴,百姓不用受拘束,展现出一个自由和谐的社会环境。"间阎兴礼让"体现平民百姓之间盛行礼让之风,"囹圄长榛芜"则暗示犯罪率低,社会安定。颈联进一步阐述了法律宽松却奸邪之人更少,社会风气平和自然没有恶行。诗人通过对仙居民风、社会环境等方面的描写,展现了仙居的美好,表达了对民生的关切和对理想社会的向往。整首诗语言质朴,情感真挚,从多个角度描绘了仙居民风淳朴、见善则迁的优点,具有感染力。

钱 暄

钱暄（1018—1085），字载阳，又字载父，浙江杭州人。钱惟演第六子。早年以父荫入仕，熙宁四年（1071）知台州，累官至驾部郎中。任台州知州期间，对台州的治理和文化建设有重要贡献，特别是对临海东湖进行了疏浚和拓建，将原本用于操练水兵的废弃船屯改造成了园林，为台州增添了一处美丽的风景，并因此被后人纪念。今临海东湖东侧有钱暄路。

题东湖共乐堂

疏就湖山秀气浓，花林茂列景争雄。

管弦交奏客欢合，台榭竞登人喜同。[1]

环障鹭行飞早晚，平波鱼阵掠西东。

荒芜芟去成佳致，换得汀洲月与风。[2]

（《宋诗纪事》卷二五）

注 释

[1]管弦：乐器统称。台榭：建筑在高台上的房屋。　[2]芟（shān）：割草，这里指去除荒芜。汀洲：水边的平地或小洲。

赏 析

　　这首诗描绘了东湖共乐堂的优美景色，充盈着欢乐的氛围。首联描写共乐堂周边经过治理的湖光山色，灵秀之气浓郁，花林茂密、争奇斗艳，展现出一幅美丽的自然画卷。颔联通过描写乐器交响、宾客欢聚的情景，突出了共乐堂热闹欢乐的氛围。颈联描绘了山峦中有白鹭飞行，水波中鱼群跳跃的生动景象，增添了自然的活力。尾联表明荒芜之地被治理成了美好的景致，汀洲的月色与微风给人以宁静美好的感受。整首诗语言优美，意境丰富，通过对自然景色和人文活动的描写，展现了诗人与民同乐的情怀。

司马光

司马光（1019—1086），字君实，号迂叟，世称"涑水先生"，陕州夏县（今山西夏县）涑水乡人。北宋时期政治家、史学家、文学家。宝元元年（1038）进士及第，官至尚书左仆射兼门下侍郎，为相八月，卒谥文正。有《温国文正司马公文集》《资治通鉴》等。

括苍石屏 [1]

主人小石屏，得之括苍山。[2]

括苍道里远，致此良亦难。

层崖万仞余，腾出浮云端。

吴儿采石时，萝蔓愁攀缘。

石文状松雪，毫发皆天然。

置之坐席旁，清风常在颜。

愿君善藏蓄，永日供余闲。[3]

慎勿示要人，坐致求者繁。[4]

将使括苍民，吁嗟山谷间。

（《司马温公集编年笺注》卷三）

注　释

[1] 此诗为《和梅圣俞咏昌言五物》中的一首。梅圣俞：即梅尧臣。梅尧臣于皇祐四年（1051）作诗《赋石昌言家五题》，其一便是《括苍石屏》。司马光随之唱和。括苍石屏：北宋时，仙居括苍石屏声名远播。仙居城关石仓洞现有宋时石仓遗址。　[2] 括苍山：山名。地处浙东中南部，灵江水系与瓯江水系的分水岭，主峰米筛浪海拔1382.4米，是浙东南最高峰之一。　[3] 藏蓄：收藏保存。　[4] 坐：因为。

赏　析

　　这首诗围绕括苍石屏展开，描绘了石屏的来之不易和自然之美。开篇点明石屏是来自括苍山的雅物，路途遥远，获取不易。接着描述括苍山层层悬崖高耸入云，吴地之人采石时用萝蔓攀缘的艰难。"石文状松雪，毫发皆天然"生动地描绘了石屏纹理如松枝积雪般美丽，且全为天然形成，凸显其珍贵。将石屏置于坐席旁，仿佛清风常在，给人带来愉悦之感。诗人劝主人善加收藏，以供闲暇欣赏。同时告诫主人切勿将石屏展示给有权势之人，以免引来众多求石者，让括苍山的百姓在山谷间哀叹苦难。整首诗语言质朴，情感真挚，通过对石屏的描写，既赞美了自然之美，又体现了诗人对百姓的关怀。

王安石

　　王安石（1021—1086），字介甫，号半山，抚州临川（今江西抚州）人。北宋杰出的政治家、思想家、文学家、改革家。庆历二年（1042）进士及第，熙宁二年（1069），升任参知政事，次年拜相，累封荆国公。一生历经从地方官到中央重臣的升迁，曾两度为相，积极推动变法。谥号文，世称"王文公"。在文学上也有突出成就，是"唐宋八大家"之一。有《王临川集》等传世。

送僧游天台

天台一万八千丈，岁晏老僧携锡归。[1]

前程好景解吟否，密雪乱云缄翠微。[2]

（《王安石诗笺注》卷四八）

注　释

[1]岁晏：岁末，年终。锡：锡杖。　[2]缄：封闭，遮封。

赏　析

　　此诗是王安石送别僧友往游天台山时所作。起句以夸张手法描绘天台山之高，寓意人生修行之路远。岁末老僧携杖归，象征历尽沧桑后的宁静致远。接着设问"前程好景解吟否"，既是对僧友也是对自己的期许，希望能在人生旅途中继续探寻美景。末句则以自然景象隐喻人生路上的挑战与遮蔽，却也预示着翠微之美终将显现。王安石一生致力于变法，虽遇重重困难，仍如老僧般坚韧不拔，此诗正是他心境与追求的写照。全诗遣词精炼，意境深远，将个人情感与天台美景完美融合。

明　唐寅　溪山雪径图

苏 轼

苏轼（1037—1101），字子瞻，号东坡居士，眉州眉山（今四川眉山）人。北宋著名文学家、书画家，"唐宋八大家"之一，与父亲苏洵、弟弟苏辙并称"三苏"。在文章方面与欧阳修合称"欧苏"，在词作方面与辛弃疾合称"苏辛"，在诗歌方面与黄庭坚并称"苏黄"，在书法方面与蔡襄、黄庭坚、米芾并称"宋四家"。著有《东坡全集》等。

赠杜介（并叙）[1]

元丰八年七月二十五日，杜幾先自浙东还，与余相遇于金山，话天台之异，以诗赠之。

我梦游天台，横空石桥小。
松风吹茵露，翠湿香裊裊。[2]
应真飞锡过，绝涧度云鸟。
举意欲从之，翛然已松杪。[3]
微言粲珠玉，未说意先了。[4]
觉来如堕空，耿耿窗户晓。[5]

群生陷迷网，独达从古少。[6]

杜叟子何人，长啸万物表。

妻孥空四壁，振策念轻矫。[7]

遂为赤城游，飞步凌缥缈。

问禅不归舍，屡为瓠壶绕。

何人识此志，佛眼自照瞭。

我梦君见之，卓尔非魔娆。[8]

仙葩发茗碗，剪刻分葵蓼。[9]

从今更不出，闭户闲骡裒。[10]

时从佛顶岩，驰下双莲沼。[11]

（《苏轼诗集》卷二六）

注　释

[1] 杜介：字幾先，扬州人。善草书，清爽圆媚，诚为奇绝。时与苏轼同在汴京做官。　[2] 茵（wǎng）露：茵草上的露水。茵草，别称茵米、水稗子，一年生草本植物，多生于水边潮湿处。　[3] 举意：动念。松杪（miǎo）：松树的末梢。　[4] 微言：精深微妙的言辞。　[5] 耿耿：安静光明的样子。　[6] 独达：独自解脱。　[7] 妻孥（nú）：妻子与儿女。　[8] 魔娆：为魔所烦扰迷惑。冯应榴注引徐陵《谏仁山金法师书》："法师非是无智，遂为愚者所迷，类似阿难更为魔之所娆。"

[9]"仙葩"二句：是说茗供之时出现葵蓼之花，精美如剪刻而成。宋施元之注苏轼本诗："天台山五百大阿罗汉，有精诚设茗供者，多现花卉。"葵蓼：葵为菊科植物，蓼为蓼科植物的泛称。 [10]骉䮍（yǎo niǎo）：古骏马名。 [11]佛顶岩：在天台山佛陇金地岭一带。查慎行注引《天台记》："赤城西北至佛顶岩，梁僧定光隐此。"双莲沼：查慎行注引《名胜志》："过金地岭西北有寒风阙。由阙东上，为华顶峰，乃山之第八重最高处。自下望之，若莲花之萼，峰下数里有双溪，上天柱峰转左，上下有二池。"双莲沼即此二池。

赏 析

元丰八年（1085），苏轼的友人杜介自天台至镇江金山寺，和苏轼谈起天台山奇异的景色。苏轼听后做了一个梦，醒来作此诗赠予杜介。诗的开篇就点题说明自己梦游天台，那里石桥横空、松风带露、空气飘香，让人感受到了仙境般的美妙和神秘。接着以应真飞锡、绝涧度鸟等，表达了自己对仙人的向往与追寻。梦醒后回到现实，如同堕入虚空，彻夜难眠，陷入沉思，感叹"众人皆醉我独醒"的境界世间少有。最后希望自己能像杜介那样徜徉于山水之间，栖身于佛教圣地，悠然自得地品茗闲思。整首诗充满了奇幻、超脱的气息，语言简洁却富有表现力，情感丰富且复杂，既有对美好境界的追求和向往，也有对现实人生的思考和感慨。

舒 亶

舒亶（1041—1103），字信道，号懒堂，明州慈溪（今属浙江）人。治平二年（1065）进士，获礼部考试第一，担任临海县尉。官至龙图阁待制。工诗词，诗歌多为近体，以写景咏物见长，意象生动，清丽俊逸，不亚唐人绝句，王灼称其词"思致妍密"。现存有《舒学士词》。

寄台州使君五首（其三）

赤城山下万人家，隐隐烟霄隔海霞。

石上仙书留鸟迹，碗中佛供落天花。[1]

（《锦绣万花谷续集》卷四）

注 释

[1]石上仙书：指台州仙居的蝌蚪崖，在高128米的陡壁上，密密麻麻刻着一串符号，既有日纹、月纹、虫纹、鱼纹等图案，也有形似蝌蚪的蝌蚪文。北宋县令陈襄曾有诗："去年曾览韦羌图，云有仙人古篆书。千尺石岩无路到，不知科斗字何如。"天花：佛教中指天界仙花。

赏　析

　　这首诗通过对台州城中人烟稠密、社会繁荣的描绘,展现了一幅宁静而祥和的画卷。诗中首先描绘了赤城山下众多人家的繁荣景象,以及山间云雾缭绕、海天一色的美景,展现出一幅宏大而美丽的画面。赤城山的雄伟与山下人家的烟火气相互映衬,海霞则平添了一种梦幻般的色彩。接着以"石上仙书""佛供天花"的禅意境界营造出一种空灵、神秘的氛围,让人对这片土地充满了好奇与想象。整首诗通过赤城山、人家、海霞、仙书鸟迹、佛供天花等景物的描绘,抒发了诗人对台州自然之美和人文环境的赞美与感慨。

贺 铸

贺铸(1052—1125),字方回,号庆湖遗老,祖籍山阴(今浙江绍兴),出生于卫州(今河南卫辉)。北宋著名词人。词作内容丰富多样,风格既有豪放之气,也有婉约之美,善于运用语言和韵律,对后世有着深远的影响。有《庆湖遗老集》。

秋 兴[1]

拟从康乐公,双蹑登山屐。[2]
晴夜宿天台,披云看初日。[3]

(《庆湖遗老集》卷八)

注 释

[1]此诗为《和陈传道秋日十咏》其中一首。陈传道:名师仲,北宋时期大臣、文学家,陈师道之兄,曾任扬州管库、杭州主簿等职,是苏轼等人的好友。 [2]康乐公:指谢灵运,袭封康乐公。 [3]披云:拨开云雾。

赏　析

　　这首诗通过对天台山的描绘，表达了诗人对台州自然美景的向往。前二句即写诗人渴望像谢灵运一样，摆脱尘世的束缚，投入大自然的怀抱，享受山水之乐。天台正是他理想的地方，故后二句设想在晴朗的夜晚留宿天台，观看清晨的日出。全诗语言明白晓畅，流露出诗人对亲近自然、纵情山水的生活方式的追求以及对现实生活的积极态度。

宋　佚名　云峰远眺图

曾 幾

曾幾(1084—1166),字吉甫,自号茶山居士,祖籍赣州(今属江西),迁居河南府(今河南洛阳)。南宋时期著名诗人。其诗风格闲雅清淡,后人将其列为江西诗派重要代表人物。著有《茶山集》。绍兴二十六年(1156)任台州知州。在台期间,政尚简静,百姓安之。

登玉霄亭[1]

老荷君恩付赤城,瘦筇扶上玉霄亭。[2]

悬知地接溟溟海,坐见天横两两星。

作赋兴公虚想像,谪官司户实飘零。[3]

衰翁何幸分符竹,一览东吴未了青。[4]

(《茶山集》卷六)

注 释

[1]玉霄亭:绍兴十七年,台州知州曾惇建,在台州州治中。
[2]瘦筇:指瘦长的筇竹,古人以之制作手杖,是手杖中的珍品。这里即指手杖。　[3]兴公:指孙绰(314—371),字兴公,东晋大臣、文

学家、书法家,是玄言诗派代表人物,曾作《游天台山赋》。谪官司户:指被贬谪到台州任司户参军的郑虔。 [4]分符:即剖符。帝王封官授爵,分予符节的一半作为信物。指得到官职。未了青:化用杜甫《望岳》中的"齐鲁青未了",指郁郁苍苍的山色无边无际。

赏 析

  这首诗通过对玉霄亭的描绘,展现了诗人对台州自然景观的赞美和对个人命运的深刻思考。诗人感慨自己年老却承蒙君恩来到台州,拄着瘦竹杖登上玉霄亭。想象此地与茫茫大海相接,坐在这里可以仰望星空,开阔胸怀,抒发情感。后半部分联想到当年作赋的孙绰只是凭借想象,而自己如遭贬谪的郑虔一般确实在飘零之中。通过对比古人与自己的处境,流露出诗人对自己遭遇的反思。最后两句转而调整情绪,表明自己一个衰翁却很幸运能在台州任职,在这里可以一览江南无尽的山色,表达了对在台州任上的珍惜,显示出豁达之情,亦抒发对未来的期盼。整首诗作语言平实,情感丰富,体现了诗人的达观。

左 誉

左誉,活跃于公元1109年前后,字与言,号筠翁,晚称中谷道人,台州人。宋徽宗大观三年(1109)进士,曾至湖州通判,后弃官出家为僧。以才华成为一时名流,因"堆云剪水、滴粉搓酥"之句与柳永齐名。与他交往唱和的有曾巩、黄庭坚、晁说之、秦观、李之仪等名家。著有《筠翁长短句》等,但现存诗作不多。

涤虑轩 [1]

洗尽尘机万虑空,胸中冰鉴许谁同。

今宵正可谈风月,借问何人是阿戎。[2]

(《天台续集》卷中)

注 释

[1] 涤虑轩:在台州市路桥区路桥街廿五间旁妙智寺内,始建于宋建隆元年(960)。　[2] 阿戎:王戎(234—305),字濬冲,三国至西晋时期名士、官员,"竹林七贤"之一。

赏　析

　　这首诗表达了诗人对超脱尘世、追求内心宁静的向往，以及对知音的渴望。诗人在涤虑轩中，感觉可以洗净尘世的纷扰和杂念，获得心灵的净化。于是自问如明镜般的洞察力又有谁能与之相同呢。此时此境，正适合谈论风花雪月之事，而谁又是王戎那样的知音呢。诗人通过对洗尽尘机的表达，表现了对世俗的厌倦和对精神境界的追求。同时，询问何人是阿戎，又流露出诗人在孤独中渴望找到知音的感慨。此诗意境清幽，从洗尽尘机到谈风月，都给人一种远离喧嚣、追求内心宁静的意蕴。诗歌采用自问自答的方式，增强了表现力和感染力。

左 纬

左纬（？—约1142），字经臣，号委羽居士，台州黄岩人。北宋诗人。少时以诗文闻名台州。早岁从事举子业，后以此不足为学，弃去，终身未仕。宣和三年（1121）四月，方腊起义军吕师囊部攻占黄岩，左纬作《避寇七诗》，真德秀称赞可与杜甫《七歌》媲美。人称"文如韩退之（愈），诗如杜子美（甫）"。有《委羽居士集》。

次盛元叙游九峰韵 [1]

恰恰莺啼欲晓天，唤人担酒入林泉。[2]

沿崖觅路僧先引，选胜看山席屡迁。[3]

心静掉头嫌鼓吹，酒狂挥手弄云烟。[4]

日斜数点残红下，芳草菲菲索醉眠。[5]

（《委羽居士集》）

注 释

[1]盛元叙：生卒年不详，曾任黄岩丞。九峰：位于台州市黄岩区城东郊。据清王棻编纂的《九峰山志》记载，宋代九峰已有"一石、二井、三碑、九亭"之说和"三塔、六溪、九峰、十二景"之胜。
[2]恰恰：形容声音清脆悦耳。　[3]选胜：选择美景。席屡迁：多次更换观赏的地点。　[4]鼓吹：比喻蛙鸣声。　[5]残红：落花。菲菲：形容花草茂盛、美丽。

赏 析

　　这首诗表达了诗人对自然美景的热爱和陶醉之情，以及在自然中寻求心灵宁静和自由的追求。诗人在游玩九峰山的过程中，尽情享受着自然的恩赐，摆脱了世俗的烦恼，展现出一种豁达、自在的人生态度。整首诗情景交融，将自然景色与诗人的情感、行为紧密结合。莺啼、林泉、山崖、僧人、残红、芳草等景物，与诗人的饮酒、寻路、看山、心静、酒狂等状态相互交融，使读者能够深刻感受到诗人在九峰山的愉悦心境。诗中有动有静，如酒狂挥手为动，芳草菲菲为静，动静结合，使诗歌更加生动有趣，增强了诗歌的画面感和艺术感染力。

王之望

　　王之望(1103—1170)，字瞻叔，号汉滨，襄阳谷城(今属湖北)人。南宋文学家。绍兴三年 (1133) 由右迪功郎、昌化军判官改辟监台州支盐仓，举家徙居台州临海。登绍兴八年进士第。隆兴二年 (1164) 拜参知政事兼同知枢密院事。乾道七年 (1171) 致仕后，卒于台州临海，葬临海江南白岩岙，谥敏肃。王之望在台州经常与曹勋、贺允中、范宗尹等侨寓名贤往来，聚会唱酬。其诗文疏畅明达，有北宋遗矩。有《汉滨集》《汉滨诗余》。

鹧鸪天

台州倚江亭即席和李举之，时曹功显、贺子忱同坐。[1]

　　撩乱江云雪欲飞。小轩幽会酒行时。佳人喜得鸳鸯侣，豪客争题鹦鹉词。　　歌舞地，喜追随。歙州端恨外迁迟。谪仙狂监从来识，七步初看子建诗。[2]

（《汉滨诗余》）

注 释

[1]李举之：即李益能，字举之，奉符（今属山东泰安）人。南渡后侨寓临海，孙觌称其"笔力雄赡可畏"。曹功显：即曹勋（1098—1174），字公显（亦作功显），号松隐，颍昌府阳翟（今河南禹州）人。北宋末词人曹组之子。宋代文学家、词人、大臣，晚年寓居台州。贺子忱：即贺允中（1090—1168），蔡州汝阳（今河南汝南）人。南宋高宗时，官至参知政事。绍兴中徙家临海，致仕后定居东湖后湖北侧。　[2]"谪仙"二句：分别用李白、贺知章、曹植典故，以切合客人姓氏。

赏 析

　　南宋初年，台州是高官显贵热门的侨寓之地，有九位宰辅级人物退居台州。这首词描绘了几位隐退宰辅在台州倚江亭的聚会场景。全词以细腻的景物描写、生动的场景刻画以及典故运用，展现了词人与友人之间的深厚情谊、对文学艺术的共同热爱以及对生活的深刻感悟，流露出词人的豪放之情，同时也透露出同是天涯沦落人的无奈和遗憾。该词情景交融，既有自然景象的描绘，又有宴饮欢乐场景的展现，同时还融入了情感的抒发，节奏明快，富有韵味，是一首情感丰富、意境深远的佳作。

吴芾

吴芾（1104—1183），字明可，号湖山居士，台州仙居人。南宋官员、诗人。绍兴二年（1132）进士，因揭露秦桧卖国专权而被罢官，后担任监察御史，上疏宋高宗励精图治。乾道五年（1169），以龙图阁直学士告老还乡，修小西湖于后里吴，终日从事著述。卒谥康肃，朱熹为其作神道碑文。有《湖山集》。

登景星岩[1]

道满三千界，潮音未许缄。[2]

胡为狮子座，却上景星岩。[3]

天近云随步，林深翠滴衫。

我来宁惮远，端欲洗尘凡。[4]

（光绪《仙居集》卷二三）

注 释

[1]景星岩：位于仙居县境内。 [2]三千界："三千大千世界"的简称，是佛教的宇宙观。潮音：比喻佛法的教诲。 [3]狮子座：泛指高僧说法的座席。 [4]端：特地。

赏 析

　　这首诗通过对景星岩的描绘，以及登岩体验的抒发，表达了对超脱尘世、追求精神升华的向往。诗歌以登岩为线索，从宗教氛围浓郁的"道满三千界"到具体的自然景观"天近云随步"，构建了一个由抽象到具象的登岩过程。通过"我来宁惮远，端欲洗尘凡"表达了对精神净化的追求，反映了超然物外、向往清净的精神境界。诗人运用象征、夸张、对比等手法，突出了登岩所见之景的壮丽和清新。整首诗语言凝练，意境深远，情感真挚，展现了追求精神自由的情怀。诗中的"洗尘凡"不仅是对自然美景的赞美，也是对心灵净化的渴望，具有深刻的哲理意味。

王十朋

王十朋（1112—1171），字龟龄，号梅溪，温州乐清人。绍兴二十七年（1157）状元。官至太子詹事，以龙图阁学士致仕，卒谥忠文。以名节闻名于世，刚直不阿，批评朝政直言不讳。有《梅溪集》。家乡乐清与玉环、天台邻近，曾多次游历台州，并曾于绍兴三十一年，自请主管台州崇道观，留下《过天台》《题天台国清寺》《望天台赤城山感而有作》等诸多诗篇。

次韵宝印叔观海三绝（其一）[1]

载地浮天浩莫穷，气营楼阁耸虚空。[2]

道人妙得观澜术，万里沧溟碧眼中。[3]

（《梅溪集》卷六）

注　释

[1]宝印叔：即宝印禅师（1109—1191），字坦叔，号别峰。宝印的师父严阇梨，是王十朋祖母的兄长，按辈分，王十朋称宝印为叔父。
[2]载地浮天：海水充满大地，似将天幕浮漂在上，比喻声势盛大。
[3]观澜术：典出《孟子》："观水有术，必观其澜。"意为观看水有一定的方法，就是要观看它壮阔的波澜。沧溟：大海。

赏 析

此诗是王十朋同宝印游览玉环海景时所作。开篇即以宏大的气势描绘出海洋的广阔无垠,仿佛能承载大地、浮动天空。"气营楼阁耸虚空"一句通过想象与夸张,将海面上蒸腾的雾气幻化为楼阁,高耸入云,飘浮于虚空之中,增添了画面的神秘与奇幻色彩。"道人妙得观澜术"一句转而写人,道人掌握了观赏波澜的奥妙,能够静心观海,领悟自然之道,展现了诗人对超脱尘世、追求精神自由的向往。诗人以简练而富有想象力的笔触,将自然景观与人文情感融合,营造出一种超凡脱俗的意境。

洪 适

洪适(kuò)(1117—1184)，字景伯，又字温伯、景温，号盘洲，饶州鄱阳（今江西鄱阳）人。南宋金石学家、诗人、词人。与弟洪遵、洪迈以文学成就著称，并称"三洪"。绍兴十二年（1142）中博学宏词科。官至尚书右仆射，卒谥文惠。著有《盘洲文集》《盘洲乐章》等。绍兴十三年，任台州通判。在台州留下《天台道中》《桐柏观》《天台观》《台州会太守致语口号》《望海潮·题双岩堂》等诗词作品。

浣溪沙

邦伯今推第一流。[1] 几因歌席负诗筹。[2] 一时文采说台州。　　雨脚渐收风入牖，云心初破月窥楼。翠眉相映晚山秋。[3]

（《盘洲乐章》卷二）

注　释

[1]邦伯：指刺史、知州等一州的长官，这里指当时的台州知州。
[2]诗筹：古代宴会中用来记录诗歌的筹，这里比喻诗歌创作。
[3]翠眉：古代妇女画眉的一种式样，这里形容山色青翠。

赏　析

　　这首词通过对台州知州文采的赞美，描绘了一幅文采风流、景色宜人的秋夜图。词的上阕直抒胸臆，赞美了知州的文采和声望。"一时文采说台州"既强调了当时台州号称"东南邹鲁""文献之邦"的人文盛况，也彰显了知州对台州文化的引领力和影响力。下阕则转为细腻的景物描写，通过自然景物的变化，巧妙地转换了场景，将读者的视线从室内转向室外，从宴席转向夜空。其中，"雨脚渐收"与"风入牖"形成了动静结合的画面。整首词语言清丽，意境优美，情感真挚，以精致的语言、丰富的意象和深远的意境，不仅赞美了当时台州的风流人物，也描绘了当地的自然美景，是一首具有较高艺术价值和审美情趣的佳作。

陆 游

　　陆游(1125—1210)，字务观，号放翁，越州山阴(今浙江绍兴)人。南宋著名诗人。绍兴二十三年 (1153) 应进士试，名列榜首，次年礼部复试，为秦桧所阻，未能登第。孝宗继位，始赐进士出身。长于诗，有《渭南文集》《剑南诗稿》等。陆游与台州渊源深厚，少年时，曾随母亲来临海访秦鲁国大长公主。入仕后，曾主管台州崇道观，多次来天台山，他的姐夫桑承议和胞兄陆淞先后任天台县令，并长居天台 (有陆淞旧居与陆淞墓)，陆游也随他们在天台隐居过一段时间，留下《秋思十首》等多首诗作。天台意象在其诗作中高频出现。

寄天封明老 [1]

浪迹天台一梦中，距今四十五秋风。

胜游回首似昨日，衰病侵人成老翁。

圣寺参差石桥外，仙蓬缥缈玉霄东。[2]

因君又动青鞋兴，目断千峰翠倚空。[3]

（《陆游全集校注·剑南诗稿校注》卷二八）

注 释

[1]天封：即天封寺，位于天台华顶山东麓，南朝陈太建七年（575）智者大师创建，隋开皇五年（585）赐号"灵墟道场"。陆游曾为天封寺书写碑记。明老：僧人，生平不详。　[2]玉霄：指天台山的玉霄峰，传说为仙人所居。　[3]青鞋：青色的布鞋。

赏 析

　　陆游对天台山有着深厚的感情，曾写下"不到天台三十年，草庵犹记宿云边"（《书怀绝句》）、"但愿此身无病，天台剡县闲游"（《六言二首》）等怀念天台的作品。此诗为陆游晚年回顾天台山、怀念友人而作。开篇以"浪迹天台一梦中"引领读者进入那段仿佛梦境般的往昔岁月。四十五载岁月匆匆而逝，昔日胜游与今日衰病形成对比，展现了时间的无情和人生的无奈。"圣寺参差""仙蓬缥缈"，描绘天台圣境石桥古刹，云雾缭绕，尽显仙境之美。末句借青鞋兴动表达了对再次游历天台的渴望，而以壮阔之景"目断千峰"收束全篇，既展现了天台山的雄伟，也寄托了诗人对远方美景的向往之情。一个"空"字又完美地体现了斯人已老、时不我与的无奈。整首诗遣词用句古朴典雅，精炼而富有意境，将个人情感与天台风景完美融合，展现了陆游深厚的文学功底、对天台真挚的热爱与深沉的怀念。

范成大

范成大（1126—1193），字致能，晚号石湖居士，吴郡（今江苏苏州）人。绍兴二十四年（1154）进士，官至参知政事。晚年退居故乡石湖，加资政殿大学士，卒谥文穆。与陆游、杨万里、尤袤并称"中兴四大家"。有《范石湖集》。乾道二年（1166），曾主管台州崇道观，有《寄题鹿伯可见一堂》《送通守赵积中朝议请祠归天台》《寄题毛君先生莲华峰庵》等诗作。

从圣集乞黄岩鱼鲊 [1]

截玉凝膏腻白，点酥粘粟轻红。[2]

千里来从何处，想看舶浪帆风。

（《范成大集》卷七）

注 释

[1] 圣集：即赵圣集，范成大好友，生平不详。范成大还有《圣集夸说少年俊游用韵记其语戏之》等诗。鱼鲊：一种用盐和红曲腌制的鱼。
[2] 截玉：形容鱼鲊质地细腻如截取的玉石。凝膏：指鱼鲊的油脂凝结，形容其肥美。

赏 析

  这首诗作于绍兴二十七年，作者时在新安县掾任上。诗歌通过细腻的笔触描绘了黄岩鱼鲊的特点，表达了诗人对美食的热爱和对远方台州风物的向往。诗的前两句细致描绘了黄岩鱼鲊的色泽和质感，将其比作美玉和凝脂，再加上点缀的酥油和粟米，显得色香浮动，令人垂涎，形象地呈现了鱼鲊的诱人外观。最后两句则透露出诗人对台州的好奇。整首诗语言优美，意象鲜明，情感真挚，语言简洁而富有表现力。

尤　袤

尤袤（1124—1193），字延之，小字季长，号遂初居士，晚年号乐溪、木石老逸民，常州无锡（今江苏无锡）人。南宋名臣、诗人、藏书家。绍兴十八年（1148）登进士第，官至礼部尚书兼侍读，卒后谥文简。尤袤博极群书，记忆力强，时人呼为"尤书橱"。其诗平淡，"绝似晚唐人"，与杨万里、范成大、陆游并称"中兴四大家"。有《遂初小稿》，早佚，清人尤侗辑有《梁溪遗稿》。乾道八年（1172），尤袤任台州知州。

台州四诗（其三）

多病多愁老使君，不忧风雨不忧贫。

三年不识东湖面，枉与东湖作主人。

（《梁溪遗稿》补遗）

赏　析

这首诗以其简洁的表达和深刻的情感，成功地塑造了一位勤政廉洁的地方官形象，同时也反映了诗人对自然美景的向往和对时光流逝的无奈。诗歌首句直抒胸臆，表达了诗人作为地方官员的身体状况和心理状态，暗示了为官的辛劳和压力。次句转折，表明诗人对于日常的困难和贫穷并不在意，凸显了超脱物质追求的品格。最后两句，诗人自嘲作为台州的父母官，却三年来未曾真正欣赏过东湖的美景。全诗通过对自身境遇的描述，表达了诗人超然物外的人生态度，即使多病多愁，也能保持淡泊名利的心态。同时，诗中也流露出诗人对东湖的深切情感和未能及时把握美景的遗憾。

宋　佚名　湖亭游览图

杨万里

杨万里（1127—1206），字廷秀，号诚斋，吉州吉水（今江西吉水）人。与陆游、尤袤、范成大并称"中兴四大家"。绍兴二十四年（1154）进士，官至宝谟阁学士。一生作诗两万多首，传世作品有四千二百首，被誉为一代诗宗，称为"诚斋体"。著有《诚斋集》等。在台州作有《林景思寄赠五言以长句谢之》《跋天台王仲言乞米诗》《寄题天台临海县白鹤庙西泉》《答赋永丰宰黄岩老投赠五言古句》等诗。

送谢子肃提举寺丞（其一）[1]

天台山秀古多贤，晚向池塘识惠连。[2]
十载江湖州县底，一言金石冕旒前。[3]
方陪廷尉甘棠舍，又赋皇华小雅篇。[4]
拾得澄江春草句，端能染寄仄厘笺。[5]

（《杨万里诗集笺注》卷二二）

注　释

[1] 谢子肃：即谢深甫（1139—1204），字子肃，号东江，台州临海人。

南宋中期宰相。提举：指提举常平司。寺丞：这里是指谢深甫担任大理寺丞。　[2]惠连：以谢灵运、谢惠连典比附同姓的谢深甫。《南史·谢惠连传》："子惠连，年十岁能属文，族兄（谢）灵运嘉赏之……忽梦见惠连，即得'池塘生春草'。"　[3]江湖：指远离朝廷的地方。冕旒：古代帝王的礼帽，此处代指朝廷。　[4]廷尉：古代官职，掌管刑狱。甘棠：称颂循吏的美政和遗爱。皇华小雅篇：指《诗经·小雅》中的篇名。后以"皇华"作为赞颂奉命出使或出使者的典故。　[5]澄江春草："澄江"指谢朓的诗句"澄江静如练"，"春草"指谢灵运的诗句"池塘生春草"，这里引二谢诗句以切谢深甫的姓氏。仄厘笺：一种名纸。仄厘，也作"侧厘""侧理""陟厘"等。陟厘为植物，可造纸。见《拾遗记》。

赏　析

　　这首诗是诗人送别谢深甫履新时的诗，表达了对友人的赞赏和对其未来事业的美好祝愿。首联赞美了台州山水的秀丽和历史上涌现出来的众多贤才，同时表达了诗人对友人的敬仰，遂将其比作历史上的贤人谢灵运。颔联回顾了友人在地方州县的十年为官经历，及其言论对国家政治产生的影响。颈联则进一步展现了友人在官场如鱼得水，其文学才华得以充分施展。尾联表达了诗人相信友人在新的岗位上能够继续发挥才华，如同春草般生机勃勃，书写出美好的篇章，未来亦能够通过书信传递美好的诗篇。整首诗语言典雅，情感真挚，既展现了友人的才华、品德、经历和文学成就，也表达了浓厚的情谊。

石 憝

　　石憝（dūn）（1128—1182），字子重，号克斋，台州临海人。南宋时期学者、诗人。石憝幼年警悟好学，绍兴十五年（1145）登进士第，历任泉州同安县丞、尤溪县知县、南康军知军等职。他曾家居三年，其间兴学校，购买万卷书籍以教育学生。石憝在学术上追随朱熹，其文"明白径切"，著有文集十卷及《周易》《大学》《中庸》集解等数十卷。朱熹为其撰写《知南康军石君墓志铭》。

游北山

春色着人如酒浓，我来却值雨蒙蒙。[1]

千岩磊落风尘表，万井参差罨画中。[2]

游子三三仍五五，落花白白更红红。

须知满目皆真理，面壁何劳学苦空。

（《宋诗纪事补遗》卷四三）

注 释

[1]着人：附着在人身上，形容给人以强烈的感受。 [2]风尘表：风尘之外。这里形容山岩高耸，超脱尘世。万井：千家万户。罨(yǎn)画：色彩鲜明的绘画。

赏 析

这首诗开篇便将春色用"着人"和"浓酒"具象化，形象地描摹出北山春意盎然、生机勃勃的景象。接着描绘了北山壮丽的自然景观和人文景致，生动而富有层次。进而通过"游子"和"落花"的状态，展现了一幅活泼而富有生气的画面，隐喻了人生的多样性和丰富性。最后，诗人抒发了对生活的深刻感悟，认为生活中的每一个细节都蕴含着深刻道理，只要用心去体会，就能领悟到生活的真谛。整首诗以生动的自然景观为背景，通过对春日北山之游的描绘，展现了诗人对自然之美的热爱和对生活真理的洞察。诗人在欣赏美景的同时，也在思考人生的意义，传达了一种积极向上、与自然和谐共存的生活态度。

朱 熹

朱熹（1130—1200），字元晦，一字仲晦，号晦庵，别称紫阳，晚号晦翁、沧洲病叟等，徽州婺源（今江西婺源）人，生于南剑州尤溪（今福建尤溪）。绍兴十八年（1148）进士，官至焕章阁待制兼侍讲，谥号文，后人称为"朱文公"。南宋时期著名的思想家、教育家，理学集大成者。其学说与二程学说合称"程朱理学"，对后世产生了广泛而深远的影响。著有《晦庵先生文集》。乾道九年（1173）和淳熙十年（1183），朱熹两度主管台州崇道观。有台州籍弟子杜烨、杜知仁、赵师渊、潘时举等十余人。

谒二徐先生墓[1]

道学传千古，东瓯说二徐。[2]

门清一壶水，家富五车书。

但喜青毡在，何忧白屋居。[3]

我怀人已远，挥泪表丘墟。[4]

（《朱熹集·外集》卷一）

注　释

[1]二徐先生：宋代台州人徐中行、徐庭筠父子，他们在台州大兴教育，得到了欧阳修、朱熹、孙应时等人的高度评价，被合称为"二徐先生"，事迹入《宋史·隐逸列传》。其墓在台州临海下百岩村。　[2]东瓯：浙江南部一带古称。　[3]青毡：青毡故物，指仕宦人家的传世之物或旧业。典出《晋书》。白屋：茅屋。　[4]丘墟：指坟墓。

赏　析

朱熹之学是程颐嫡传，而程颐和徐中行又求学于"宋初三先生"之一的胡瑗，因此，徐中行是朱熹的师门前辈，所以朱熹到台州后专程拜谒了二徐先生墓。这首诗表达了朱熹对徐氏父子道德学问的敬仰和对他们安贫乐道精神的赞美。诗中运用了对比手法，首联中的"道学传千古"与"东瓯说二徐"形成时空对比，强调徐氏父子的道学成就及影响力；颔联则展现了徐氏父子物质生活的简朴和学识的丰富；颈联生动展现了二徐先生淡泊名利、安贫乐道的高尚品质和价值取向；尾联直抒胸臆，表达了诗人对逝去先贤的深切怀念和悲痛之情。整首诗语言简练，情感真挚，通过对二徐先生的道学成就、品德风范以及生活态度的歌颂，抒写了诗人对高尚品德的追求与传承。

楼 钥

楼钥（1137—1213），字大防，旧字启伯，号攻媿主人，鄞县（今宁波市鄞州区）人。南宋大臣、文学家。隆兴元年（1163）进士及第，官至参知政事、资政殿大学士。博通群书，精通音律，著有《攻媿集》等。淳熙五年至七年（1178—1180），任添差台州通判，公务之余，常与友人畅游台州，并诗酒唱酬。有《游天台石桥》《国清寺》《天台道中口占》《送赵仲礼守天台》等诗文数十篇。

宿仙居民家

投暝人家欲睡时，雨声不断水平池。[1]

回头已过三江渡，醉看车中总不知。

（《楼钥集》卷六）

注 释

[1] 投暝：在日落时寻找住宿的地方。

赏 析

这首诗以简洁明快的语言，描绘了诗人在仙居民家投宿时的所见所感。前两句通过"投暝""欲睡""雨声""水平池"等意象，以动衬静，营造出宁静祥和、意境悠远的氛围，增强了诗歌的艺术感染力。后两句则通过"回头已过三江渡"的时空转换和"醉看车中总不知"的朦胧感受，表达了诗人对旅途的感慨和对乡村夜景的沉醉。整首诗语言简练，意境深远，情感真挚，通过对夜宿仙居民家的描绘，展现了诗人对乡村宁静生活的向往和对自然之美的欣赏。

宋　佚名　秋江暝泊图

赵汝愚

赵汝愚（1140—1196），字子直，饶州余干（今属江西上饶）人。宋太宗赵光义八世孙，南宋宰相，宗室名臣。乾道二年（1166）状元，官至右丞相。谥忠定，赠太师，追封沂国公、福王，为昭勋阁二十四功臣之一。有《太祖实录举要》《赵忠定集》等。淳熙二年（1175）三月任台州知州，在任时为官清廉，忧国爱民，大修府城，重建镇宁、兴善、丰泰、括苍四门，整葺靖越、朝天、崇和、顺正、延庆五门，当地士民立碑以纪之。

石 桥

法身遍满三千界，影现天台水石间。

我欲直从心地见，来看磊瑰听淙潺。[2]

（《天台胜迹录》卷二）

注 释

[1] 心地：佛教语。指心，即思想、意念等。心能生万法，如地能长万物，儒家用以指心性存养。磊瑰（kuǐ）：众石累积的样子。

赏　析

　　此诗融合禅意与山水之美，抒发了诗人内心高洁之志。全诗以"法身遍满三千界"开篇，展现宏大宇宙观，寓含超脱尘世之意；次句则将视线拉回现实，天台山水间，石桥静默，影映水中，静谧而深远。第三句透露出作者在仕途波折中，渴望回归本心，追求心灵的纯净与自由。最后一句暗喻诗人在逆境中仍能保持乐观，聆听自然之音，寻求心灵慰藉。此诗遣词精炼，意境深远，既描绘了天台山水之美，又寄托了作者高洁的情怀，天台山水之景与诗人高洁之志相映成趣，读来令人心生敬意。

孙应时

孙应时(1154—1206),字季和,号烛湖居士,绍兴余姚(今属浙江)人。早年师从陆九渊学习,淳熙二年(1175)中进士,淳熙六年担任黄岩县尉,有政声。后人将他与许景衡、郑伯熊并称"三贤尉"。受到朱熹重视,两人建立了深厚的友谊。著有《烛湖集》。与黄岩名流多有交往,有《别黄岩范令》《黄岩新安镇舟中和王主簿春霁遣兴》《题金鳌山》《题黄岩溪》等诗作。

黄岩溪(其一)

杜鹃声里谷幽幽,绿水平溪日夜流。

花落空山人不到,一川烟雨起春愁。[1]

(《烛湖集》卷二〇)

注 释

[1] 空山:指人迹罕至的山。

赏　析

　　这首诗通过描绘黄岩溪的自然景色，抒发了诗人对春天美景的细腻感受。诗首句中杜鹃的啼鸣常给人一种哀愁之感，与幽静的山谷相结合，营造出一种清幽而略带忧伤的氛围。次句展现了溪水的清澈和流动的恒常。第三句则表达了对人生短暂和美景易逝的感慨，平添了孤寂与宁静之感。最后一句以烟雨朦胧的景象，展现了诗人对春天的无限感慨和淡淡的忧愁。整首诗流露出一种超脱尘世、返璞归真的情感。

清　胡夤　设色山水（其一）

戴复古

戴复古（1167—1247），字式之，号石屏，台州黄岩南塘（今属台州温岭）人。南宋时期著名江湖诗派诗人。一生未登仕途，自宁宗庆元年间即四处浪游，遍谒达官朝士、节帅名公，自谓"落魄江湖四十年"。曾向陆游学诗，其作品受到晚唐诗风影响，并兼具江西诗派风格。有《石屏诗集》《石屏词》等。

巾子山翠微阁[1]

双峰直上与天参，僧共白云栖一庵。[2]

今古诗人吟不尽，好山无数在江南。

（《戴复古诗集》卷七）

注　释

[1]翠微阁：宋代宝祐元年（1253）台州知州赵与𪲔重建，是历代名士登临游览的佳处。　[2]双峰：巾子山和西边的小固山形成双峰。

赏　析

　　这首诗通过描绘巾子山翠微阁的景色，表达了诗人对自然美景的欣赏和对历史文化的思考。前两句描绘了巾子山翠微阁的壮丽景色，山峰直插云霄，与天相接，庵寺云雾缭绕，寺僧在白云中，形成一幅和谐自然、宁静高远的画面。后两句表达了诗人对巾子山独特美景的赞美，认为这样的美景是历代诗人吟咏不尽的主题，也展现了江南地区山水的秀丽多姿。整首诗语言简洁明快，没有过多修饰，却能准确地传达出巾子山的特点和诗人对这片土地深深的眷恋之情。

赵师秀

赵师秀（1170—1219），字紫芝，号天乐，永嘉（今浙江温州）人。宋太祖八世孙。绍熙元年（1190）进士，仁终高安推官，晚年寓居临安（今杭州），卒葬西湖葛岭。有《清苑斋集》。诗尊姚合、贾岛，诗风清新野逸，与徐照、徐玑、翁卷并称"永嘉四灵"。

大慈道 [1]

青苔生满路，人迹至应稀。
小寺鸣钟晚，深林透日微。
野花春后发，山鸟涧中飞。
或有相逢者，多因采药归。

(《清苑斋集》)

注 释

[1]大慈：即天台大慈岭，明代以前是天台城通往北山龙皇堂的必经之路。南朝陈太建七年（575），天台宗祖师智者大师就是从大慈岭初入天台山的，其建成的第一个道场称大慈寺，又名禅林寺、修禅寺。

赏　析

天台有"东百丈大慈岭，西百丈大悲山"之说。首联中"青苔生满路"，用词生动，展现了少有人至的清幽。颔联中"小寺鸣钟晚"，传递出了宁静与超脱；"深林透日微"，以光影交错营造出深邃而神秘的氛围。"野花""山鸟"，生机盎然，与人的淡泊生活相映成趣。尾联写路途中偶遇采药人，平添生活气息，也蕴含"刘阮采药"典故，诗人打趣自己或许能够在天台山偶遇仙人。整首诗通过细腻的笔触和精炼的遣词，将大慈道中的自然美景与诗人的隐逸情怀完美融合，展现了一幅宁静淡远的山水画卷。

杜 范

杜范（1182—1245），字成之，号立斋，台州黄岩人。南宋中后期重臣。嘉定元年（1208）进士，嘉熙四年（1240）拜权吏部侍郎兼侍讲。淳祐四年（1244）擢升为同知枢密院事，次年拜右丞相，上书言五事，继又上十二事，条陈当朝利病，提出为政主张。卒谥清献。有《清献集》。

空明洞 [1]

莫讶青山小，山因洞得名。

仙人骑鹤去，留迹在空明。

（《两宋名贤小集·清献集》）

注 释

[1] 空明洞：即台州黄岩区委羽山洞。

赏　析

　　这首诗通过对空明洞的描绘,表达了诗人对自然美景的欣赏和对仙人传说的向往。前二句描绘了空明洞所在的山景,虽然山小,但因其洞而得名,强调了仙洞在自然景观中的独特地位。后二句则描述传说中的仙人骑鹤离去,留下的痕迹仍在空明洞中,营造出神秘、幽静且空灵的氛围。整首诗语言简练,意境深远,充满了浪漫主义色彩,让人感受到诗人对美好生活的追求和对神秘世界的探索欲。

清　胡夤　设色山水(其三)

严 羽

严羽（1192—？），字丹丘，一字仪卿，自号沧浪逋客，世称"严沧浪"，福建邵武人。南宋著名诗论家、诗人。一生未曾出仕，大半时间隐居在家乡。其诗论推崇汉魏盛唐，号召学古，其著作《沧浪诗话》对后世影响深远。

送戴式之归天台歌[1]

吾闻天台华顶连石桥，石桥巉绝横烟霄。
下有沧溟万折之洪涛，上有赤城千丈之霞标。
峰悬磴断杳莫测，中有石屏古仙客。[2]
吟窥混沌愁天公，醉饮扶桑泣龙伯。[3]
适来何事游人间，飘摇八极寻名山。
三花树下一相见，笑我萧飒风沙颜。
手持玉杯酌我酒，付我新诗五百首。
共结天边汗漫游，重论方外云霞友。[4]
海内诗名今数谁，群贤翕沓争相推。[5]

胸襟浩荡气萧爽,豁如洞庭笠泽月。

寒空万里云开时,人生聚散何超忽,

　　愁折瑶华赠君别。[6]

君骑白鹿归仙山,我亦扁舟向吴越。

明日凭高一望君,江花满眼愁氛氲。[7]

天长地阔不可见,空有相思寄海云。

(《沧浪先生吟卷》卷三)

注　释

[1]戴式之:即戴复古。　[2]石屏古仙客:戴复古号石屏。　[3]龙伯:指龙伯国的巨人。　[4]汗漫游:世外之游。　[5]翕霅:亦作"翕趿"。原用以形容鸟群飞前后相接的样子,此处指群贤聚集,接续不断。[6]瑶华:仙界之花。　[7]氛氲:比喻心绪缭乱。

赏　析

　　这首诗通过对天台山的描绘,展现了诗人对友人离别的不舍和对自然美景的赞美。诗以天台山的美景开篇,并用石桥、沧海、霞标等意象构成宏大的自然景观,为读者描绘了一幅壮丽的山水画卷。山峰高耸,石桥横跨,烟雾缭绕,极写台州景色之壮美,为诗歌平添了神秘奇幻的色彩,给人一种超凡脱俗的感觉。进而刻画了戴复古潇洒不羁、才情出众的独特形象，与诗人的互动也凸显了他豪爽的性格。"人生聚散何超忽，愁折瑶华赠君别"等句则表达了诗人对人生无常的感慨，以及分别时的不舍与惆怅。整首诗语言优美，用词精准，如"巉绝""飘摇""萧爽"等词，生动地描绘了景色和人物，增强了诗歌的艺术感染力，给人以美的享受。

明　沈周　天台山图（局部）

文天祥

　　文天祥（1236—1283），初名云孙，字宋瑞，一字履善，自号文山、浮休道人，吉州庐陵（今江西吉安）人。宋末政治家、文学家，爱国诗人。宝祐四年（1256）状元，官至右丞相兼枢密使。元军攻破临安（今杭州）后，坚持抗元。景炎三年（1278）在广东被俘，后押解至元大都，始终不屈，从容就义。其诗文激昂慷慨，反映了他坚贞的气节和爱国主义精神，被誉为"宋末三杰"之一。有《文山诗集》《指南录》《指南后录》等。德祐元年（1275）文天祥受命去元营会谈时，被扣留并押送至大都（今北京）时出逃，过镇江、扬州而至永嘉，途中曾驻足于台州三门县花桥镇方前村张和孙家。路经台州，作《夜走》《绿漪堂》《过黄岩》等诗。

绿漪堂 [1]

义方堂上看，窗户翠玲珑。[2]

砚里云坛月，席间淇水风。[3]

清声随地到，直节与天通。

庭玉森如笋，干霄雨露功。

（《文天祥诗集校笺》卷八）

注 释

[1]此诗是文天祥在黄岩人杜浒的陪同下,从扬子江一路坐船,路过张和孙家时所作。作者自注:"予自海舟登台岸,至城门张氏家,盖国初名将永德之后。主人号哲斋,辟堂教子,扁'绿漪'。为赋八句。"《临海县志》:"张和孙,号哲斋,邑人。文丞相自通州泛海过其家,为题绿漪堂……且约共举义,公欣然聚海艘,移檄召募,将取明州,不果。后张弘范兵至,见檄,捕得之。公曰:'吾生为宋民,死为宋鬼。'遂遇害。" [2]义方堂:绿漪堂内建筑。 [3]淇水风:淇水遗风。《诗经·卫风·淇奥》:"瞻彼淇奥,绿竹猗猗。有匪君子,如切如磋,如琢如磨。"后用"淇水遗风"称颂人有君子那样的文采风度。

赏 析

　　这首诗描绘了绿漪堂的优美景色,呈现了高洁意境。首联写从义方堂上望去,窗户呈现出翠色玲珑之美,给人以清新雅致之感。颔联将砚台中的景象与席间的氛围相融合,"云坛月"营造出一种空灵、宁静的意境,"淇水风"则增添了高雅、悠然的气息。颈联突出了绿漪堂的高雅格调与其主人的正直气节。尾联比喻庭院中培养的子弟如玉树临风,高入云霄,这都得益于张和孙的教育滋养之功,以之作结,进一步升华了绿漪堂主人的高洁品质。诗人通过对绿漪堂的景色、氛围等方面的描写,借景抒情,表达了对绿漪堂主人的赞美之情。整首诗意境优美,用词精妙,情感真挚,具有较高的艺术价值。

林景熙

　　林景熙（1242—1310），字德旸，一作德阳，号霁山，温州平阳人。南宋末期爱国诗人。咸淳七年（1271）上舍释褐，历任泉州教官、礼部架阁等职。宋亡后，隐居不仕，教授生徒，从事著作，同时漫游江浙，因而名重一时，学者称"霁山先生"。其诗文风格幽婉，沉郁悲凉又不失雄放，历来受到极高的评价。有《白石稿》《白石樵唱》，后人编为《霁山集》。

宿台州城外

荒驿丹丘路，秋高酒易醒。[1]

霜增孤月白，江截乱峰青。

旅雁如曾识，哀猿不可听。

到家追此夕，三十五邮亭。

(《林景熙集补注》卷一)

注　释

[1] 丹丘：台州别称，也常用来指代仙境。

赏 析

　　这首诗描绘了诗人在台州城外的一次夜宿经历，通过对景物的细腻描绘和情感的深刻抒发，旅途中的孤寂和对家的思念之情跃然纸上。首联点明了诗人所处的环境与时节，荒凉的驿站和秋高气爽的气候，使得酒意易消，诗人清醒地感受着周围的宁静与孤独。颔联通过对比霜冷月白与江水截断青山的景象，进一步渲染了孤寂与冷清的氛围。颈联则将诗人的情感与自然景物相融合，旅雁似乎识得诗人，而哀猿的叫声却让人不忍听闻。尾联表达了诗人对家的深深思念，回忆起旅途中的每一个邮亭、每一个夜晚，都充满了对家的向往。整首诗语言质朴，情感真挚，给人以强烈的共鸣和深刻的思考。

李孝光

　　李孝光（1285—1350），字季和，号五峰，温州乐清人。少年时博学，以文章负名当世，早年隐居在雁荡山五峰下，从学者众。文学成就显著，与杨维桢并称"杨李"。其诗文自成一家，为东南硕儒。有《五峰集》。留有与台州相关诗文数十篇，如《天台道上闻天香》《送人游天台》《次焦守赠天台老人韵》《送翁景阳作台州掾》等。

登台州巾山

两鬓星星白发翁，攀援如与上天同。[1]
山藏白鹤暮烟紫，石枕金鸡落叶红。
地载楼台归足下，天垂星斗落胸中。[2]
诗狂欲把塔为笔，倒蘸长江写碧空。

（《李孝光集校注》卷一〇）

注　释

[1] 两鬓星星：指两鬓斑白的头发。攀援：攀登。　[2] 星斗：指天上的星星，这里比喻诗人胸怀壮志。

赏　析

　　这首诗以台州巾山为背景,通过对山景的描绘和情感的抒发,展现了诗人对自然的热爱,抒发了人生的豪情。首联描绘诗人年迈的形象和攀登高山的壮志,展现了诗人不畏艰难、追求卓越的精神。颔联通过对山中暮烟、落叶的描绘,展现了巾山的神秘与美丽。颈联通过"地载楼台"和"天垂星斗"的摹写,表达了诗人对巾山高峻景象的赞叹和对自然之美的热爱。尾联则表达了诗人的豪情壮志,想要以塔为笔,蘸长江之水,书写碧空,展现了诗人对诗歌创作的热情和对自然美景的赞美。整首诗语言豪放,意境开阔,给人以昂扬向上之感。

王　冕

　　王冕（1287—1359），字元章，号煮石山农，亦号梅花屋主等，浙江诸暨人。元朝著名画家、诗人、篆刻家。屡次应举不中，遂绝意仕途，隐居于家乡九里山。工诗善画，尤以墨梅知名，善治印，创用花乳石刻印章，篆法绝妙。有《梅谱》《竹斋诗集》传世。王冕与天台山渊源深厚，在其好友杨维桢担任天台县令期间，他曾隐居天台山，潜心作画刻印。

天台行 [1]

东南海阔秋无烟，天台山与天相连。

丹霞紫雾互吞吐，重冈复岭青盘旋。

怪石长松磊磊兮落落，神芝灵草绵绵兮芊芊。[2]

金堂玉室异人世，桃花流水春娟娟。

送君此去意何古，幅巾飐飐衣翩翩。[3]

檄书初开五云色，不嫌坐上寒无毡。[4]

我拟寻真拾瑶草，在家作想三十年。

乘风几欲舞之去，水流花谢难夤缘。[5]

山空无尘明月冷，时复梦里闻清猿。

君今登高玉霄近，为我问讯丹丘仙。

丹丘仙人如有在，我欲往受长生篇，

烂煮白石松下眠。[6]

（《竹斋诗集》卷二）

注 释

[1]天台行：以天台为写作对象的歌行体七言古诗。行，古体诗的一种类型。　[2]磊磊：石众多的样子。　[3]幅巾：即头巾，古代文士用绢一幅束发，故称"幅巾"。飐(zhǎn)飐：飘动的样子。　[4]寒无毡：坐无毡席。出自《新唐书·郑虔传》："（郑虔）在官贫约甚，澹如也。杜甫尝赠以诗曰'才名四十年，坐客寒无毡'云。"　[5]夤（yín）缘：攀缘，拉关系、找机会。　[6]烂煮白石：旧传仙人白石先生修道两千余岁，平日常煮白石为粮。后用此典形容仙家生活。典出晋葛洪《神仙传》"仙煮白石"。

赏 析

本诗为王冕赠别友人赴天台之作。诗歌由"天台"二字生发，从天台近海接天的宏观叙述起笔，着重描写霞雾山岭、石松芝草以及金堂玉室、桃花流水等景物，刻画了美丽迷人的仙山风光。然后进入赠别主题，且两次从友人写到自身，重在抒写诗人摆脱尘俗、向往归隐的志愿。"我拟寻真拾瑶草，在家作想三十年"，显示这种愿望强烈而持久。想要乘风飞去，却遗憾自己没有这样的机缘，所以在友人将要登上玉霄峰之时，希望能够代为问候丹丘仙人。而"我欲往受长生篇，烂煮白石松下眠"，更是飘逸出尘，诗人想要向仙人请教《长生篇》，也可以像仙人一般以白石为粮，在松下安眠，表达了对天台仙境的向往和对仙人生活的渴望。全诗景物描写细致，想象宏富，巧妙运用夸张、用典等手法，营造出空灵、奇幻的艺术氛围。本诗虽为赠别之作，但中心却在通过对天台山的浪漫想象，将自己与友人的高迈豪情、洒脱逸兴抒发得饱满酣畅。

杨维桢

杨维桢（1296—1370），字廉夫，号铁崖，晚号东维子，浙江山阴（今浙江绍兴）人。元末明初著名诗人、文学家、书画家和戏曲家，与陆居仁、钱惟善合称"元末三高士"。因兵乱避居富春山，迁杭州。明洪武三年（1370），召至京师，旋乞归，抵家即卒。其诗名擅一时，雄迈自然，史称"铁崖体"。有《东维子文集》《铁崖先生古乐府》等近二十种。泰定四年至天历二年(1327—1329)担任天台县令，有《登华顶峰》《玉京洞》《琼台曲》《桐柏观》等诗作。

玉京洞 [1]

上界谪来足官府，玉京移得在人间。[2]

赤城飞动霞当户，银汉下垂星满坛。

响石忽闻人语答，凤笙时逐鹤声还。[3]

宰官喜在神仙窟，何必更寻勾漏丹。[4]

（《草雅堂集》卷后二）

注　释

[1] 玉京洞：在天台赤城山，为道教第六大洞天。　[2] 繇来：从过去到现在。繇，通"由"。　[3] 响石：以巨石作响形容玉京洞之大。宋王象之《舆地纪胜·江南西路》："（响石）在南丰县东五十里，有巨石临路，高逾百仞，其上平坦，可容数百人。往来其旁者，语笑高低，应答如响。"凤笙：此句用周灵王太子晋骑鹤吹笙典故。　[4] 宰官：官员，一县的长官，亦特指县官。杨维桢为元泰定四年（1327）进士，授天台尹。勾漏丹：即"勾漏丹砂"。勾漏，在今广西北流县，有山峰耸立如林，溶洞勾曲穿漏，为道家所说三十六小洞天的第二十二洞天。葛洪欲炼丹以祈延寿，求为勾漏令。后遂以"勾漏丹砂"称避世养生。典出《晋书·葛洪列传》。

赏　析

　　这首诗是杨维桢任天台县令期间游玉京洞时所作。此诗描绘了一幅仙境与人间交融的奇妙图景，展现了诗人超脱尘世、向往仙界的情怀。首联以夸张手法言及仙界宫府众多，而今玉京洞仿佛是从仙界移至人间，赋予其非凡的神圣感。颔联描绘了玉京洞的奇幻之美，赤城霞光、银河星辉，营造出超凡而神圣的氛围。颈联则增加了诗歌的灵动性和神秘感，仿佛能听到仙界的声响，感受到仙人的存在。尾联表达了诗人对现实与仙境的深刻思考，认为身处玉京洞这样的神仙窟，已足够令人心旷神怡，无需再寻仙丹以求长生。整首诗遣词用句华丽而不失清新，意境深远，体现了诗人深厚的文学功底与独特的艺术风格。

曹文晦

曹文晦（约1296—约1360），字辉伯，号新山道人，台州天台人。元代诗人。雅尚萧散，不乐仕进，曾在赤城山麓建宅读书，名为"新山别馆"。有《新山稿》。清代学者顾嗣立评价："元季台人能诗者，以辉伯为首称云。"与杨维桢、刘基等皆有交游。

清溪落雁 [1]

清溪溪口荻花秋，底事年年伴白鸥。

北去不辞书帛寄，南来非为稻粱谋。

荒烟渺渺长桥外，落叶萧萧古渡头。

见说洞庭风月好，碧波千顷少渔舟。

（《元诗选二集·新山道人曹文晦》）

注 释

[1] 此诗为《新山别馆十景》其中一首。新山别馆：曹文晦居处名，在赤城山麓，今天台墙头曹村。十景，即"天台十景"，曹文晦曾为之一一取名，并题"新山别馆十景"七律十首，依次为：桃源春晓、赤城栖霞、双涧观澜、华顶归云、螺溪钓艇、清溪落雁、南山秋色、琼台夜

月、石梁飞瀑、寒岩夕照。清溪落雁：清溪指原始丰溪与三茅溪汇合处的清溪地段。宋元时期，此处芦荻丛生，每年秋冬季节，有数千只鸿雁、鸥鸟至此栖息度冬，故有"清溪落雁"之美称。

清　范凌　天台十景图·清溪落雁

赏　析

此诗以清溪秋色为背景，寓情于景，抒发了诗人超脱尘世的情怀。诗首联以"荻花秋""白鸥"等意象，描绘出一幅宁静淡泊的秋日画面，透露出诗人对自然之美的向往。颔联借雁之南北迁徙，言己不为世俗名利所累，展现出一种超然物外的精神追求。颈联中"荒烟渺渺""落叶萧萧"，进一步渲染了秋日清溪的萧瑟与苍茫，却又不失宁静致远的意境美。尾联中"碧波千顷少渔舟"，以洞庭之景作结，想象中的千顷波涛一孤舟，与清溪之景相呼应，展现出诗人心中理想的隐居生活，既有自然的宁静，又有人生的淡泊与从容。整首诗遣词典雅，意境优美，将自然美景与人生哲理完美融合。

倪　瓒

倪瓒（1301或1306—1374），字元镇，号云林子，无锡人。元代著名文人画家。其以山水画和书法艺术成就卓著，与黄公望、王蒙、吴镇合称"元四家"。他的绘画风格天真淡远，书法则遒劲精美又率意简澹，对后世文人画影响深远。

韦羌草堂图

韦羌山中草堂静，白日读书还打眠。[1]

买船欲归不可去，飞鸿渺渺碧云边。

（《清閟阁集》卷七）

注　释

[1] 韦羌山：位于台州市仙居县，是括苍山的支脉，历史上有丰富的文化记载和传说。韦羌溪发源于韦羌山，流经白塔镇汇入永安溪，沿岸风景秀丽，曾是宋代仙居八大渡口之一的韦羌渡所在地。

赏　析

这首诗是倪瓒为柯九思所画的《韦羌草堂图》而作的题画诗。诗中描绘了韦羌山中宁静的草堂和秀美的自然景色，表达了作者对隐逸生活的向往和赞美，展现了超脱尘世、与世无争的生活态度。在意境营造上，幽静的草堂、打眠的诗人、买船欲归的场景以及飞鸿碧云边的景象，和画的景致贴合得很好。在情感表达上，诗人对韦羌草堂的喜爱和留恋之情并没有直接表达，而是通过"买船欲归不可去"以及对周围景色的描写来含蓄地传达，使情感更加深沉动人。整首诗通过对画作的描绘以及诗人行为感受的描写，营造出宁静、悠闲、空灵的意境。让读者仿佛亲睹画作，感受诗人所处的美好环境以及由此带来的内心宁静。

元　倪瓒　秋亭嘉树图（局部）

浙江诗话

明清

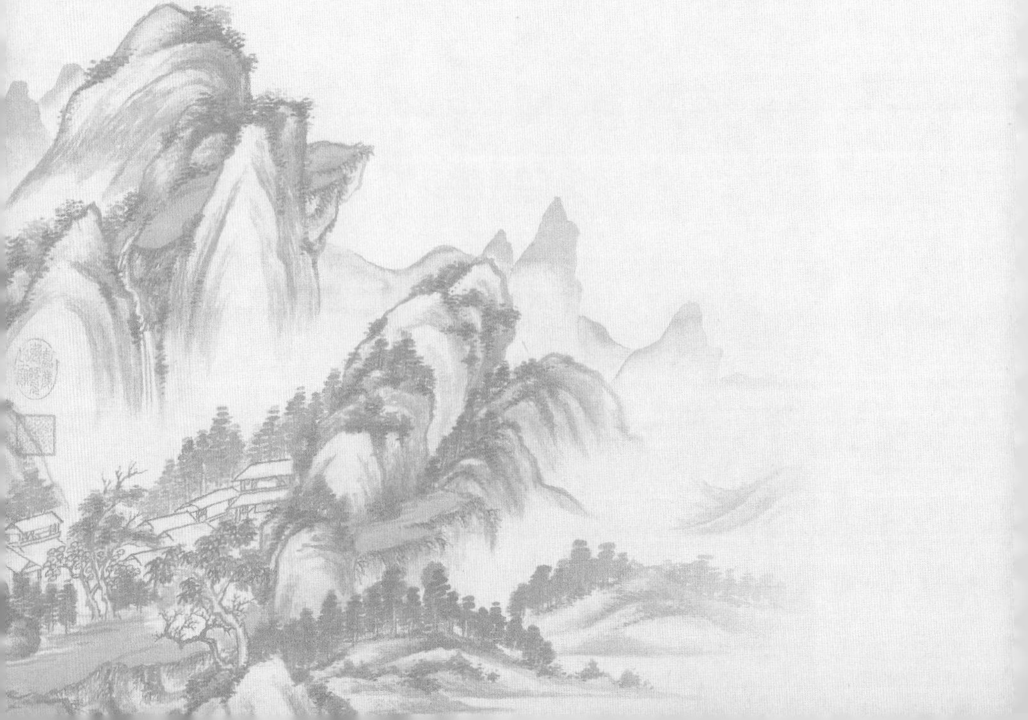

刘 基

刘基（1311—1375），字伯温，号犁眉公，处州路青田县南田（今属浙江文成县）人。杰出的政治家、文学家、军事家。至顺四年（1333）进士，后弃官归隐。辅佐朱元璋，为明代开国谋臣之一，封诚意伯。晚年被胡惟庸构陷，郁愤而终，追谥文成。工诗文，元明间浙派文人领袖，与宋濂、高启并称为"明初诗文三大家"。有《诚意伯文集》。《明史》称："（刘基）所有文章，气昌而奇，与宋濂并为一代之宗。"

感 兴

赤城霞气接天台，上界仙宫此地开。

沧海有波容蜃鳄，石梁无路入莓苔。[1]

当时玉帐耽罗绮，今日丝纶到草莱。[2]

传语疲氓聊忍待，王师早晚日边来。[3]

（《刘伯温集》卷二三）

注 释

[1] 蜃鳄：蛟龙与鳄鱼。蜃，传说中的蛟属，能吐气成海市蜃楼。
[2] 丝纶：皇帝的诏书。草莱：草野，民间。　　[3] 疲氓：疲困之民。

赏 析

  刘基是明代开国重要谋臣，也是历史上的一位传奇人物。此诗感物寄兴，借赤城霞光映衬天台之景，抒发对时局的感慨；以上界仙宫之喻，反衬人间沧桑。沧海蜃鳄、石梁莓苔，象征世事艰难，路途险阻。颈联两句形象生动，对比鲜明，前者讽刺权贵奢华，后者则寄望新政深入民间，带来变革。尾联寄语老百姓暂且忍耐，总有一天能够迎接光明的到来。整首诗语言简练而意蕴深远，以景寓情，寓含深意，既展现了刘基作为文人的艺术才华，也反映了他作为政治家的敏锐洞察力和对百姓的深切关怀。

方孝孺

方孝孺（1357—1402），字希直，又字希古，别称缑城先生、正学先生等，台州府宁海县（今宁波宁海）人。明朝官员、学者、文学家、思想家。师从宋濂，人称"小韩子"。明建文帝时，历任翰林侍讲、侍讲学士，担任《太祖实录》《类要》总裁。建文四年（1402）六月，燕王朱棣的军队进入南京，方孝孺被捕入狱。朱棣命他起草诏书，但他坚决不从，宁死不屈，被诛十族。其气节为台州士人景仰，此后台州号称气节之乡，被鲁迅称为"台州式硬气"。方孝孺政论文、史论、散文、诗歌俱佳，留有《逊志斋集》。

为玉泉山人题（节选）[1]

天池直接扶桑东，百川委会来无穷。[2]

两崖为门障海口，大江中流潮汐通。

丰山横鹜东奔放，浪啮沙崖穿玲珑。

翠凤飞来白银阙，金鳌涌出金莲宫。[3]

天台赤城此磅礴，间气往往生英雄。[4]

鸿儒硕士世不乏，神灵秀异天所钟。

玉泉山人独嗜古，食贫力士专而工。

结庐椒江望蓬岛，坐看海气浮青红。[5]

含嚼英华嗽芳润，吐纳光景嘘长虹。

群仙窈窕罗几席，洪波浩瀚涵心胸。

（《方孝孺集》卷二四）

注　释

[1]玉泉山人：其人不可考，从诗中看，是一位甘贫乐道的隐士。
[2]扶桑：神话中的树名，传说日出其下。　[3]金鳌：原意为金色的大龟，这里指椒江的金鳌山。嘉定《赤城志》："金鳌，一作鹅山，在县东南一百二十里，东有一小洞，昔有人夜舣舟于此，一物起波间，光彩注射，迫视，乃一巨鳌，金色，故以为名。"　[4]间（jiàn）气：旧谓英雄豪杰上应星象，禀天地特殊之气，间世而出，称为"间气"。
[5]椒江：台州市椒江区境内的江名。

赏　析

　　方孝孺青少年时期曾游学台州府城，跟台州士人如"四君子"叶见泰、林右、张廷璧、王叔英，以及赵文象、王琦等才俊交往密切。该诗通过对台州名山胜水奇情壮采的描绘，以丰富的意象和深邃的寓意，塑造了一个学识渊博、品质高洁、胸怀宽广、超凡脱俗的山人形象，表达了对理想社会和高尚人格的向往与追求。

同时，也表达了诗人对儒家经典和道学的崇尚，以及对现实世界中追求名利、忽视道德现象的批判。全诗意境开阔，气势恢宏，体现了方孝孺对台州人文的高度自豪和认同，也反映了台州自然与人文对其品格的砥砺和影响。

清　陈允升　山水（局部）

杨士奇

　　杨士奇（1365—1444），初名寓，字士奇，一字侨仲，以字行，号东里，吉安府泰和县（今属江西）人。明朝前期重臣、学者。建文帝时被荐入翰林院，充史馆编纂，受知于台州人王叔英。后官至礼部侍郎兼华盖殿大学士，兼兵部尚书。卒赠左柱国、太师，谥文贞。先后历经五朝，任内阁辅臣四十余年，任职时间之长为有明一代之首。与杨荣、杨溥等同心辅政，并称"三杨"。以"学行"见长，先后担任《明太祖实录》《明仁宗实录》《明宣宗实录》总裁。辑有《三朝圣谕集》《奏对录》《历代名臣奏议》，有《东里文集》等。

观海生诗为临海令作[1]

作县临东海，当年眺览中。

水云连浩渺，心境合昭融。[2]

已惬观澜趣，还思作楫功。[3]

有才终利涉，非比望洋同。[4]

（《东里诗集》卷二）

注 释

[1] 临海令：应该是指正统四年（1439）任临海知县的刘刚。杨士奇《东里集》另有《别刘宗诚》一诗，中有"作官临海峤"之句。

[2] 昭融：光大发扬。　　[3] 作楫：出自《尚书》"用汝作舟楫"，后指辅佐帝王。　　[4] 利涉：出自《易经·需卦》"利涉大川"，比喻有才能的人最终能够克服困难，取得成功。望洋：《庄子》中有"望洋向若而叹"，比喻无可奈何、迷惘叹惜。

赏 析

　　这是一首富有哲理、情感并重的诗，以观海为引子，巧妙地将自然景象与人生哲理相结合，寄托了对于治政、人生以及自然之美的深刻感悟。开篇点明临海所处的地理位置和观海的背景。进而描绘临海海景的壮阔与美丽，水与云相接，形成无边无际的浩渺景象，自然景象的明丽和谐，带来人心的开阔与宁静，县令的心境也变得豁达明朗。后二联转而对临海令给予鼓励和期许，希望他凭借自身才华，积极作为、勇于担当，顺利渡过难关，取得成就。整首诗对仗工整，寓意深刻，既赞美了临海的壮丽景色，又激励临海令积极进取、有所作为，体现了诗人对临海令的殷切期望和真挚关怀。

顾　璘

顾璘（1476—1545），字华玉，号东桥居士，世称东桥先生，上元（今江苏南京）人。明代政治家、文学家。以南京刑部尚书之职致仕。富有才名，以诗著称于时，与刘麟、徐祯卿并称"江东三才子"，与陈沂、王韦、朱应登并称"金陵四大家"，亦是"弘治十才子"之一。著有《浮湘集》《山中集》《息园存稿》等。正德十一年（1516），出任台州知府，"求得其弊端与利源所在，次第兴除之"，台州风气为之一变。

台郡元夜

夜景团花市，春愁豁草亭。

灯轮衔海月，火树迸林星。

令节仍飘泊，狂歌几醉醒。

只思梅柳曲，归卧故园听。[1]

（《顾华玉集·息园存稿诗》卷九）

注 释

[1] 梅柳曲：指古乐曲《梅花落》《折杨柳》，为离愁别怨的哀怨之音。

赏 析

这首诗生动地展现了台州元宵节夜晚的繁华热闹与诗人内心孤寂愁绪交织的情景。首联运用对比，热闹夜景与诗人的春愁形成鲜明对照，反差强烈。颔联通过"灯轮衔月""火树迸星"的形象描写，将元宵夜灯火的辉煌灿烂展现得淋漓尽致，极具画面感。但热闹的夜景并未驱散诗人内心的忧愁，在佳节之时自己仍漂泊在外，只能狂歌买醉，体现出诗人对羁旅漂泊生活的无奈和苦闷。尾联直抒胸臆，表达了对故园的深切思念和渴望归乡的急切心情。整首诗语言优美，对仗工整，以热闹的场景衬托孤独的心境，强烈的对比更增强了诗歌的感染力，深刻地体现了中国古代文人对节日、故乡和往事的独特情感，反映了诗人在异乡逢佳节时的复杂感受，既有对繁华的欣赏，又有对身世的感慨和对故乡的眷恋。

黄　绾

　　黄绾（1480—1554），字宗贤，号久庵、石龙，台州黄岩人。著名思想家、政治家。正德五年（1510）承祖荫授后军都督府都事，不久拜王守仁为师，讨论圣学。正德七年，归家隐居紫霄山中，历寒暑十余年，励志圣贤之学。官至礼部尚书兼翰林院学士。与王守仁、湛若水等心学大家结盟共学，开创"艮止心学"，创办石龙书院，致力于在浙南一带传播弘扬阳明学，是中晚明时期"阳明学"阵营内部具有自觉批判意识、主动修正"阳明心学"之先驱者。一生著述颇丰，主要有《明道编》《石龙集》。

紫霄怀述 [1]

　　石磴盘空开翠壁，草堂藏树入丹丘。

　　望迷莽苍千峰寂，坐听松风小院幽。

　　岂必青城寻旧隐，即同蒋径候新秋。[2]

　　溪田虽瘠犹堪种，荷耒携锄我自休。

（《黄绾集》卷五）

注 释

[1]紫霄:即黄岩城北的紫霄山。 [2]青城:青城山,为道教圣地。蒋径:西汉蒋诩归隐乡里,闭门不出,舍中有三径,唯有求仲、羊仲常与往来。后以"三径""蒋径"指隐士居所。

赏 析

　　黄绾晚年辞官归家后,在紫霄山上建石龙书院,这里是他潜心研究哲学、传播"阳明心学"、著书立说的地方。这首诗描绘了紫霄山的壮丽景色和石龙书院的宁静环境。首句以"盘空"二字凸显紫霄山的险峻,形象地描绘出石阶仿佛劈开了翠绿的山壁,给人以强烈的视觉冲击。第二句"藏树"一词巧妙地表现出草堂被树木遮掩的幽深之态,"入丹丘"又增添了几分仙境般的缥缈。诗人沉浸在这片宁静而神秘的景象之中,放眼望去,在苍茫的千峰之间感受到大自然的宏大与寂静。小院中松风的吹拂更衬托了环境的清幽,"坐听"这一动作突出了诗人的闲适与专注,体现出诗人对这份宁静的陶醉与享受。后半首写诗人自己随遇而安、贫而乐道的精神追求。整首诗用词精准,绘制出空灵、幽静而又充满神秘色彩的画面。

夏　言

　　夏言（1482—1548），字公谨，号桂洲，江西贵溪人。明朝中期政治家、文学家。明正德十二年（1517）进士，官至礼部尚书、太子太傅，嘉靖十八年（1539）加位少师、特进光禄大夫、上柱国。谥文愍。诗文宏整，以词曲擅名。著有《桂洲集》《南宫奏稿》等。

石龙书院次韵题黄久庵卷[1]

湖水清清映石龙，青山合起紫霄宫。

林藏岳麓千峰雨，瀑引匡庐万壑风。

何许子猷来剡曲，几年诸葛卧隆中。[2]

平生梦想天台路，岁晚相寻黄久翁。

（《桂洲诗集》卷一八）

注　释

[1] 石龙书院：正德十一年，黄绾"结茅紫霄"，在紫霄山上居住。一年之后，他在紫霄山建成了石龙书院。黄久庵：即黄绾。　[2] 子猷：指东晋名士王徽之，子猷是其字。王徽之曾于雪夜乘船往剡溪访戴逵。诸葛：指诸葛亮。

赏 析

  这首诗开篇以鲜明的色彩和生动的笔触描绘了湖水与石龙书院相互映衬，青山环绕着紫霄宫殿，构建了一幅宁静而深远的书院景象，画面优美且富有层次感。接着运用夸张和联想，将书院周边的树林、瀑布，与岳麓山和庐山联系起来，极大地拓展了书院的空间感和气势。然后，通过引用子猷访戴和诸葛亮隐居隆中两个典故，表达了对高雅情致和济世之才的向往与期待。尾联直抒胸臆，抒发了诗人对理想境界的追求。整首诗语言华丽，用典精妙，对仗工整，既展现了石龙书院的雄伟壮丽和周边环境的磅礴气势，又抒发了诗人内心丰富的情感和对追求理想生活的哲学思考。

秦鸣雷

秦鸣雷（1518—1593），字子豫，号华峰，台州临海人。嘉靖二十三年（1544）状元，官至南京礼部尚书。参与修撰《大明会典》，总校《永乐大典》，能文善诗，被誉为"词林山斗"。有《倚云楼稿》《谈资》等。

九日冒雨独登巾子山（其四）[1]

踏到峰头力已微，西风瑟瑟冷侵衣。
路从红叶林间转，人在黄花醉里归。
秋气渐催蓬鬓觉，江声长逐片帆飞。
无端一夕萧萧雨，送得游踪到处稀。

（《巾子山志》卷一）

注 释

[1]九日：重阳节。

赏 析

　　这首诗描绘了重阳节诗人冒雨独登巾子山的情景,表现了诗人的内心孤寂,抒发了对时光流逝和自然变化的感悟。首联写诗人登上山峰时已疲惫无力,西风吹来,寒冷侵袭,营造出一种清冷孤寂的氛围。接着颔联描绘了诗人在红叶林间穿行的画面,以及在菊花丛中沉醉的情景,红叶与黄花交相辉映,平添了秋的韵味和美感。颈联中"秋气"与"蓬鬓"暗示着岁月流逝,时光催人老,"江声长逐片帆飞"则将画面转向远方,描绘了帆船在江面上飘荡之景,营造辽阔而又孤独之感。尾联写一夜潇潇细雨,使得游人踪迹稀少,进一步强化了孤独之感,同时也为整首诗增添了一份淡淡的忧伤。整首诗通过对自然景色和个人感受的描写,展现了诗人在重阳节冒雨登山的独特体验和深刻感悟。

王宗沐

王宗沐（1523—1591），字新甫，号敬所，台州临海人。明中后期文学家、史学家、思想家、政治家。嘉靖二十三年（1544）进士，官至刑部左侍郎，卒后获赠刑部尚书。有《敬所文集》《宋元资治通鉴》《三镇图说》《海运详考》等。其子王士琦、王士昌皆官至巡抚，有"一门三巡抚""父子四进士"之誉，且皆是阳明后学，崇尚经世济民之功。与李攀龙、王世贞等以诗文相善。

登海门先月庵望海同二王二杨挥使（其一）[1]

谁植巉崖障碧瀛，平临蓬岛客衣轻。

孤帆天外时来往，远屿云中半晦明。

虎豹晨关连极动，鱼龙春水傍杯生。

旗旄忽报千峰雨，应为东来洗甲兵。[2]

（《敬所王先生文集》卷一三）

注　释

[1]先月庵：即椒江海月庵，俗称"王法堂"，在东门岭北。二王二杨挥使：两位王姓和杨姓指挥使，具体人名无考。　[2]旗旓（shāo）：泛指官员的仪仗。

赏　析

此诗开篇形象地描绘了海门山崖的险峻，既有自然造化的鬼斧神工，又充满了神秘与威严。眼前宏大浩瀚的景象又令人心旷神怡，仿佛身临仙境。颔联将视线延展至天际，孤帆在浩渺的天际穿梭，远山在云雾中若隐若现，动静之间，尽显大海的深邃与苍茫。颈联极具想象力和张力，"虎豹晨关连极动"描写了险要关口的动荡气氛，"鱼龙春水傍杯生"则营造了一种生机勃勃的景象，两句对比强烈。尾联由眼前的壮丽海景陡然转向对国家命运的忧思。千峰雨的到来，被诗人赋予了象征意义，期望这雨水能够洗净战争的尘埃，实现和平。诗人始终心系国家安危，将个人的情感与国家的命运紧密相连，展现出一种深沉的家国情怀和对和平的殷切渴望。

吴时来

吴时来（1527—1590），字惟修，号悟斋，台州仙居人。嘉靖三十二年（1553）进士，授松江推官，擢刑科给事中。建言弹劾严嵩，廷杖遣戍。隆庆元年（1567）进工科给事中，万历间历吏部左侍郎，拜左都御史。卒赠太子太保，谥忠恪。

锦凤岩 [1]

十载已成岩穴士，寻游到此若为惊。

云中似启朝阳户，岭上犹传景凤名。[2]

魏阙难忘牟子意，华阳偏称隐君情。[3]

坐来回向心俱寂，碧水泠泠一镜明。

（《吴悟斋先生摘稿》卷五）

注　释

[1] 锦凤岩：位于仙居县横溪六都溪口内，因"关锁坑中，轩翥如凤"而得名。"锦凤冲霄"为仙居老八景之一。　[2] 朝阳户：锦凤岩下有洞，明代张钟秀题曰"朝阳洞天"。　[3] 魏阙：用魏牟典。《庄子·让王》："中山公子牟谓瞻子曰：'身在江海之上，心居魏阙之下，奈何？'"

指心恋朝廷。华阳：陶弘景曾隐居于句容之句曲山，称其地为"金坛华阳之天"，自号"华阳隐居"。这里以"华阳"代指隐居之地。隐君情：隐士的闲适之情。

赏　析

　　这首诗以"十载"开篇，蕴含着对时光荏苒、物是人非的感慨与无奈，营造出一种深邃而带有历史感的意境，为全诗奠定了淡淡的惆怅基调。接着描绘锦凤岩的景色，展开一幅云雾缭绕、山岭传奇的画卷，既写实又带有几分空灵虚幻，表达了对过去种种的追怀与思考，且既有对曾经理想与抱负的难以释怀，又有在这清幽之境中寻求心灵慰藉的渴望。然后运用"子牟怀魏阙""华阳"典故，含蓄而精准地传达出诗人对仕途、归隐的纠结与思索。最后通过对静谧环境的描写以及内心"寂"的感受，透露出在经历一番情感波动后，最终达到内心的平和与超脱。整首诗表达细腻，通过巧妙的写作手法和丰富的情感传递，使读者深切感受到诗人在特定环境下的心灵之旅，具有较高的艺术价值。

戚继光

  戚继光（1528—1588），字元敬，号南塘、孟诸，山东登州（今山东蓬莱）人，祖籍濠州定远（今安徽定远）。抗倭名将、杰出的军事家。嘉靖三十五年（1556）七月任宁绍台参将，三十九年二月转任台金严参将，四十一年十二月升为分守台温福兴福宁等处副总兵，四十二年十一月任福建总兵。在台州抗倭七年余，创建"戚家军"，培养了李超、杨文、张元勋等台州籍抗倭名将，取得"台州大捷"，成功平息浙江倭患，全面扭转了明朝抗倭局势，还率军支持福建、广东等地平定倭患。调任蓟镇总兵后，选调"戚家军"到北方修建明长城，使台州府城墙成为"明长城的师范和蓝本"。台州是戚继光创建空心敌台的肇始地，是兵书《纪效新书》的著作地，是"戚家军"的诞生地，是取得军事史上著名的"台州大捷"、彻底扭转抗倭局势的发生地，也是戚继光的成名地。戚继光也是台州最著名、最受百姓欢迎的历史人物，留下的文化遗产极为丰富。

巾帻山[1]

春城东去海氛稀，城畔人烟绕翠微。[2]
山麓高楼开重镇，辕门晓角起晴晖。[3]

九天云气三台近，百里江声一鸟飞。

极目苍茫忆明主，吴钩高接斗牛辉。[4]

（《止止堂集·横槊稿》卷上）

注　释

[1] 巾帻山：即台州临海的巾子山，因形似古代的书生帽而得名。
[2] 海氛：海上的云气，借指海疆动乱的形势。　[3] 辕门：古代军营的大门。　[4] 斗牛：星宿名，指斗宿和牛宿。三台星处于斗牛之间。这里以宝剑光辉高射斗牛，比喻军威斗志之盛。

赏　析

　　这首诗意境恢弘而壮丽，展现了诗人对国家边疆的关切和抗击倭寇的决心。首联通过"海氛稀""绕翠微"描绘出台州府城的安宁与优美景色；颔联写山麓高楼与辕门晓角，以宁静而庄严的气氛凸显了军事重镇的地位；颈联以"九天云气""百里江声"等意象展现出宏大的场景和开阔的视野，体现了诗人豪迈的心胸和英勇的气概；尾联表达了对国家的忠诚和对抗击外侮的坚定意志，充满了对国家和民族未来的思考。整首诗气势磅礴，语言雄浑，意境深远，情感豪迈，生动地赞美了台州的壮丽景象，体现了诗人的家国情怀和英雄气概。

王士性

王士性（1547—1598），字恒叔，号太初，又号元白道人、滇西吏隐，台州临海（今属浙江）人。明代文学家、地理学家。万历五年（1577）进士，授河南确山知县。历太仆少卿，终官南京鸿胪寺卿。以广博的地理学知识与游记作品著称，著有《广志绎》和《五岳游草》等。中国人文地理学的鼻祖，与徐霞客并称中国古代地理学的"双子星座"。

过樵夫亭 [1]

鼎湖龙去未应还，敢谓乌号尚可攀。[2]

抱石有心甘楚泽，采薇无路觅商山。[3]

一言大义明霄汉，万死余生直草菅。

姓字不传尘迹在，至今俎豆出人间。[4]

（《五岳游草》卷九）

注　释

[1] 题下有自注："樵夫死革除难。" 樵夫，指东湖樵夫，建文四年（1402），燕王朱棣破南京，明惠帝朱允炆焚宫自尽。朱棣即位，建文朝

大臣大多不屈，为朱棣所杀，殉难者众，情形惨烈，时为壬午年，史称"壬午殉难"。东湖樵夫听闻建文逊国的消息，当即大哭，投湖而死。人们为纪念他的忠义，在台州临海东湖建樵夫祠和樵夫亭，明代南京也有纪念他的樵夫祠。　[2]鼎湖龙：指黄帝乘龙升天的传说。乌号：弓名。传说黄帝乘龙升天，其弓堕地，臣民抱弓而泣，此弓即名"乌号"。
[3]抱石：指抱石投江的屈原。采薇：指伯夷、叔齐采薇而食的故事。商山：这里指伯夷、叔齐采薇的首阳山，二人以商臣自居，故称其地为"商山"。　[4]俎豆：泛指祭祀用的器具。

赏　析

　　此诗以其独特的艺术风格和深刻的内涵，展现了诗人对历史人物的追思与景仰。诗人先以黄帝乘龙升天的传说和乌号弓的典故，表达了对英雄人物的敬仰和对英雄壮举的歌颂。再通过屈原抱石投江和伯夷、叔齐采薇而食的典故，歌颂了隐世而居的高节和坚守忠义的殉道精神。然后，对樵夫正义之举和勇敢坚定的行为与意志表示崇敬。最后表示樵夫虽无姓名，但其事迹将永存，其精神也永远值得纪念。全诗语言沉郁，情感真挚。精妙的典故运用，使诗歌更有历史厚重感，更具思想深度。

钱谦益

　　钱谦益（1582—1664），字受之，号牧斋，晚号蒙叟、东涧老人，学者称虞山先生，江苏常熟人。明万历三十八年（1610）探花，明末东林党首领，清初诗坛盟主之一。明亡后，依附南明弘光政权，为礼部尚书。后降清，任礼部侍郎。学问宏富，诗文奥博，东南一带奉为"文宗"和"虞山诗派"领袖，与吴伟业、龚鼎孳并称清初"江左三大家"。编《列朝诗集》，有《初学集》《有学集》等集。

老藤如意歌 [1]

　　余年八十，灵岩和上持天台万年藤如意为寿。[2] 余识之曰："此金华吴少君遗物也。"[3] 歌以记之。

> 天台老藤作如意，破瓢道人手砻治。[4]
> 三尺搜从虎豹群，万年文暗蛟龙字。
> 老僧珍重如朵云，爱我不惜持赠君。[5]
> 唾壶击缺非吾事，指顾或可摩三军。[6]

（《牧斋有学集》卷一二）

注 释

[1]老藤如意：以老藤做成的如意。天台藤为台州知名特产，可制各种器物。明陈继儒《太平清话》载："天台藤，可斫为杖，然有数种。有含春藤、石南藤、清风藤、耆婆藤、天寿根藤。"以华顶山上的万年藤做成的手杖，最为名贵。唐代诗僧齐己称："禅家何物赠分襟，只有天台杖一寻。"　[2]灵岩和上：即灵岩和尚。　[3]吴少君：即吴孺子，字少君，号破瓢道人、懒和尚、玄铁、元铁道人、赤松山道士。金华兰溪人。长于鉴别古物，工诗，善画花鸟。著有《吴少君集》。　[4]砻（lóng）治：研磨，打磨。指亲手打磨而成。　[5]朵云：友人的书信。唐韦陟用五彩笺纸写信，署名时"陟"字如五朵云，时人称"郇公五云体"。后敬称他人书信为"朵云"。　[6]唾壶击缺：指击节咏叹，或喻壮怀激烈。典出《世说新语》："王处仲每酒后辄咏'老骥伏枥，志在千里。烈士暮年，壮心不已'。以如意打唾壶，壶口尽缺。"后用以形容心情忧愤或感情激昂。指顾：发号施令。

赏 析

　　此诗借物抒情，寓意深远。开篇以天台老藤制成的如意为引子，引出如意藤杖的旧主人以及制作过程。这根藤杖是吴少君亲手制作，可见匠心独运。颔联以夸张的手法描绘了老藤的非凡来历与独特纹理，暗喻其蕴含的力量与智慧。老僧赠此珍贵之物，体现了对情谊的看重。尾联则表达了诗人虽已至耄耋之年，但豪情不减。整首诗遣词用句古朴典雅，意境深远，展现了诗人晚年的豁达。

陈子龙

陈子龙（1608—1647），字人中，一字卧子，又字海士，号大樽，松江府华亭（今上海松江）人。崇祯十年（1637）进士，曾任绍兴推官。明末清初江南风云人物、文坛盟主，以特出才情与风骨气节著称。有《湘真阁稿》《安雅堂稿》《白云草》等集。清人王昶编为《陈忠裕公全集》。

天台万年寺 [1]

回合千峰嘉树林，苍崖碧殿昼阴阴。[2]

云生薜荔虚岩动，日隐松杉绝涧深。[3]

僧赐紫衣坛卓锡，经传白马字函金。[4]

更从阁道凌飞磴，怅望诸天清磬音。[5]

（《陈子龙全集·陈忠裕公全集》卷一七）

注 释

[1]万年寺：位于天台城关镇西北的万年山山麓，为天台山名寺古刹之一。
[2]回合：环绕，围绕。　　[3]薜荔：植物名。桑科榕属，常绿蔓茎灌木。古代隐士和仙人常称以薜荔叶为衣，故也为隐逸的意象。

[4]紫衣：朝廷赐予高僧大德的紫色袈裟或法衣。又称紫服、紫袈裟。卓锡：谓僧人居留某处。卓：直立。锡：锡杖，僧人外出所用。经传白马：相传东汉年间，西域僧人用白马驮着佛经，来到洛阳，自此佛教传入中原。　[5]阁道：栈道。飞磴：指高山上的石台阶。诸天：佛教语。亦泛指天界、天空。

赏　析

陈子龙生活于社会大变动的时期，曾为挽救明朝国运呕心沥血。天台为历代避世隐居的好地方，明亡后避乱客居天台的文人高士颇多。此诗应是陈子龙避退隐居时所作。诗以千峰环抱、嘉树葱郁开篇，苍崖碧殿隐于其中，营造出一种幽静而神秘的氛围。运用"嘉树林""苍崖""碧殿"等词语，既展现了自然之美，又突出了寺庙的古朴庄严。颔联通过以"薜荔""松杉"这两个隐逸诗常见意象进一步营造万年寺的环境，加深了寺庙的幽静与深邃之感。尾联描写诗人登临高处，怅望诸天，清磬之音回荡耳畔，既表达了对佛法的敬仰之情，也透露出一种对尘俗世界淡淡的哀愁。全诗遣词精炼古朴，绘就了一幅幽寂深邃的寺庙画图，也体现了诗人内心的孤寂苍凉。

黄宗羲

　　黄宗羲（1610—1695），字太冲，号南雷，学者称梨洲先生，浙江余姚人。平生不仕，以课徒授业为主。学问极博，思想深邃，著作宏富，与顾炎武、王夫之并称明末清初三大思想家；与弟黄宗炎、黄宗会号称"浙东三黄"。著有《明儒学案》《宋元学案》《明夷待访录》《南雷文案》等。

寓黄岩[1]

临海饶风物，旅情亦渐移。

朱栾山客饷，方石野僧遗。[2]

村酒成红曲，山肴脯柿狸。

明朝直令节，社鼓赛王维。[3]

（《黄梨洲诗集·南雷诗历》卷一）

注　释

[1] 明崇祯十三年（1640），黄宗羲家乡大饥荒，是冬到黄岩买米，并押送货物上路，因此南游天台、雁荡，在临海石佛寺过年，拜访临海抗清志士陈函辉，拜谒东湖樵夫祠。其《台雁笔记》（又名《台宕纪游》）

云:"庚辰度岁台城,入春为雁山之游。"故此诗或为黄宗羲崇祯十四年春游雁荡山途经黄岩时所作。同时留下了《寓黄岩》《临海石佛寺度岁》《东湖樵者祠》《天台家书》《天台思归》等诗和《台宕纪游》一卷。

[2] 朱栾:柚的一种,可做清供。　　[3] "社鼓"句:此句作者自注"县有王维庙"。据《黄岩县志》载,唐元和三年(808),黄岩立庙祭祀王维。王维庙被称为"福祐庙",又名"西园庙",其原址在黄岩县治西北角的王道街。旧时黄岩县城中的邑祖庙和灵顺庙也兼祀王维。

赏　析

　　这首诗描绘了黄宗羲在黄岩的旅居生活,通过对当地风物的细腻描摹,表达了他对这片土地的深厚情感。首联写诗人被临近大海的黄岩风物吸引,情感故逐渐发生变化,从初来乍到的新鲜好奇,转变为对这片土地的深深喜爱。颔联以隐士和僧人馈赠朱栾和方石的热情好客,既写出了黄岩的物产丰饶,也体现了民风淳朴的人文底蕴。颈联通过对乡村生活及饮食文化的描绘,赞美了当地简朴自然的生活。尾联以黄岩当地祭祀王维的风俗结尾,展现了当地特殊的风俗。总的来说,这首诗通过描绘黄岩的自然风光、人文景观、饮食文化和传统民俗,展现了诗人对黄岩的深刻印象和深厚情感。同时,通过对当地节日和庆典的描写,反映了黄岩丰富多彩的社会生活。

张煌言

张煌言（1620—1664），字玄著，号苍水，浙江鄞县（今宁波市鄞州区）人。明末清初的抗清名将、爱国诗人。崇祯十五年（1642）中举，官至南明兵部尚书。张煌言的诗质朴悲壮，表现出其忧国忧民的爱国热情。著有《张苍水集》。顺治六年（1649）开始，作为南明将领，活跃在台州抗清一线。康熙三年（1664）被捕，就义于杭州弼教坊，葬于西湖南屏山荔枝峰下，谥忠烈。与岳飞、于谦并称为"西湖三杰"。

重过桃渚

一棹天台依旧迷，重来秋爽足攀跻。
苔衣糁糁髯偏美，石磴鳞鳞齿未齐。[1]
梦到赤城霞气近，感深沧海水声低。
临流空作桃花想，愧杀仙源是武溪。[2]

（《张苍水集·奇零草》）

注 释

[1]糁糁：细碎的样子。　[2]武溪：化用陶渊明《桃花源记》武陵溪的典故。

赏 析

　　清顺治十七年，张煌言移驻临海桃渚等地。这首诗即在此期间所作。该诗通过描绘桃渚的自然景观，表达了诗人对往事的回忆和对未来的感慨。首联描绘了诗人乘船再次来到桃渚，天台山依旧美丽而神秘，秋天的清爽气候让诗人有足够的精神去攀登。颔联描绘了山石上覆盖的青苔和错落有致的石阶，展现了自然景观的美丽和险峻。颈联为诗人对往事的回忆，赤城山的霞光和沧海的波涛声都深深地印在诗人的梦中。最后，诗人站在流水边，空想着桃花源般的美景，但现实中他无法逃避抗清斗争的使命，不由感叹自己无法隐居，进而展现了他在抗清斗争中的坚定信念。

王士禛

　　王士禛（1634—1711），字子真，一字贻上，号阮亭，晚号渔洋山人，身后因避帝讳，被改为士正、士祯，山东新城（今山东桓台）人。清初杰出诗人、文学家。顺治十五年（1658）进士，官至刑部尚书。谥文简。博学好古，精金石篆刻，诗为一代宗匠，主盟诗坛数十年，是"神韵说"的倡导者。与朱彝尊并称"南朱北王"。著有《带经堂集》《渔洋诗话》《五代诗话》《渔洋山人精华录》等。

蒋修撰述天台之游 [1]

太史三茅隐，朱颜薄世荣。[2]

言寻沃洲路，遥向赤霞城。[3]

语识寒山妙，诗同太白清。

石梁横地底，今夜梦经行。

（《渔洋诗集》卷一二）

注　释

[1] 蒋修撰：蒋超（1624—1673），字虎臣，号绥庵，自号华阳山人，江

南镇江府金坛(今江苏金坛)人。清初学者、书法家。顺治四年进士,任翰林修撰。曾游天台。修撰,官名,编纂官。 [2]太史:官名,明清两朝,修史之事由翰林院负责,又称翰林为"太史"。此指蒋虎臣。三茅:指传说中修仙得道的茅君三兄弟茅盈、茅固、茅衷。相传茅君三兄弟曾在天台隐修,至今天台境内仍有三茅宫、三茅溪、三茅村等。
[3]沃洲:指沃洲山,在浙江新昌县东。

明　陈范　石梁飞瀑图

赏　析

　　王士禛此诗为赠友人蒋虎臣所作，借吟咏天台山水歌颂友人的高洁情怀。首联中"太史三茅隐"，以"太史"喻蒋之高才，"三茅隐"则指其隐逸之志，超脱世俗；"朱颜薄世荣"，言其青春容颜却淡泊名利，高风亮节。颔联中"沃洲""赤霞"为沿途美景，皆为仙境般的意象，表达了对蒋虎臣游历天台、追寻高洁之境的赞美。颈联以寒山子之禅悟、李白之诗才比况，赞其言语有禅机，诗作清新脱俗。尾联中"石梁"为天台胜景，"梦经行"则表达了对友人此行及天台美景的向往与追思，余韵悠长。全诗遣词用句典雅，意境深远，体现了王士禛对友人的高度评价与深厚情谊。

齐召南

齐召南（1703—1768），字次风，号琼台、息园，台州天台人。雍正七年（1729）副贡，乾隆元年（1736）举博学鸿词，授散馆检讨，累擢至礼部右侍郎。参修《续文献通考》《大清一统志》等。乾隆十四年以坠马伤病告老还乡。回乡后，专心著书、教授，先后主持敷文书院、蕺山书院。撰有《水道提纲》《历代帝王年表》《宝纶堂文钞》《宝纶堂诗钞》等。

欢山烟雨[1]

高岭随溪回，人似居蓬岛[2]。

春嫌青草迟，雨喜黄梅早。

鱼鳞架梯田，烟岚晚尤好。

但祝桔槔闲，丰年可长保[3]。

（《宝纶堂外集》卷六）

注　释

[1]此诗为《台山新增十景》中的一首。台山十景：天台山最为著名的十大自然景观。齐召南又新增了天台新十景，即明岩仙迹、苍顶龙湫、

黄榜看花、紫凝试茗、三井飞流、八峰绕翠、香谷岩泉、赭溪云碓、欢山烟雨、觉寺晴岚，并赋古诗十首附之。欢山：在天台县东北二十里的欢岙境内，旧名"东峁"。南齐高士顾欢曾隐居在此设馆课徒，开启文脉，后人为了纪念他，将境内的山、溪、岙均冠以"欢"字，东峁山改名"欢山"，东峁山岙改名"欢岙"，楮溪改为"欢溪"，岭称"顾儒岭"。　[2]高岭：即顾儒岭。　[3]桔槔：汲水的工具。以绳悬横木上，一端系水桶，一端系重物，使其交替上下，以节省汲引之力。

赏　析

　　欢山宜耕宜读，是南齐高士顾欢隐居教书的地方。诗中描绘了欢山美丽宜人的景色。高耸的山岭随着溪流蜿蜒回转，让人仿佛置身于蓬莱仙岛之中。春来时总嫌青草生长缓慢，转眼却欣喜地迎来黄梅时节。鱼鳞般的梯田层层叠叠，傍晚时分山间弥漫着如纱的烟岚。通过对不同景物如山岭、溪流、梯田、烟岚等的细致描写，展现出丰富的画面感，让人陶醉于自然美景之中。最后诗人由衷地祝愿风调雨顺、人们过上闲适的生活，也期盼着年年都能有丰收的好年景。全诗语言简洁明了，用词贴切生动，表达了诗人对欢山自然风景的赞赏和对隐居生活的向往，同时也寄托了对丰年长保和美好生活的期盼。

袁　枚

袁枚（1716—1798），字子才，号简斋，晚年自号仓山居士、随园主人、随园老人，钱塘（今浙江杭州）人。清代乾嘉时期的代表诗人、散文家、文学评论家和美食家。乾隆四年（1739）进士，曾任溧水、江宁等地知县，有政绩。与赵翼、蒋士铨合称为"乾隆三大家"，又与赵翼、张问陶并称"性灵派三大家"，也是"清代骈文八大家"之一。著有《小仓山房集》《随园诗话》《随园食单》《子不语》等。他于乾隆四十七年、五十七年、五十九年三游天台，写下《入天台路上杂诗》《登华顶作歌》《黄岩道中》等诗作数十首，天台情结十分浓厚。

黄岩阻雨居停潘秀才拉游城外委羽山

道书第二洞，云是委羽山。

及予冒雨往，其小如弹丸。

朱子曾读书，地或以人传。

道人献丹石，状若骰子然。

铁色精且坚，足抵青琅玕。[1]

想见井公博，钣玠鸣金盘。[2]

我将携此具，招同玉女看。

（《小仓山房诗文集·诗集》卷二八）

注 释

[1]青琅玕：一种青色似珠玉的美石，比喻珍贵之物。 [2]井公：传说中的古代隐士。《穆天子传》有其与穆王博戏之事。

赏 析

　　这首诗记录了袁枚由天台到雁荡，在黄岩阻雨期间，受当地潘姓秀才之邀游览委羽山的经历和感受。诗人首先介绍了委羽山是道书上所说的第二洞天，然而当他冒雨前往时，却感觉这座山小巧玲珑，从而形成了一种心理上的反差。接着提到了朱熹曾在委羽山读书的传说，增添了委羽山的文化底蕴。道人献上形状像骰子一样的丹石，其质地精且坚，可与青琅玕相媲美。诗人想象着如果能带着这丹石，与仙女一同观赏，那该多有意思。整首诗既有对委羽山的描写，又有丰富的想象，语言自然流畅，富有意趣，表现出诗人对委羽山的好奇与喜爱，同时也透露出他超脱尘世、追求高远的精神境界。

阮 元

阮元（1764—1849），字伯元，号芸台、揅经老人等，江苏仪征人。清代著名学者、文学家、政治家。乾隆五十四年（1789）进士，官至体仁阁大学士。是当时学术界和文坛的领袖人物之一。编著《经籍籑诂》《皇清经解》《十三经注疏校勘记》《畴人传》《宛委别藏》《揅经室文集》等，涉及经学、哲学、语言学、金石学、史学、文学、艺术、科学技术等诸多门类。嘉庆二年（1797），任浙江学政，视学台州，精于天文和数学的周治平、精于文史的洪颐煊等台州学子得到其赏识。

春日台州

沧波围古郡，弭节一登临。[1]

纬耒农人意，楼船将士心。[2]

麦愁春雪厚，帆虑海云深。

世事积如此，天台安可寻。

（《揅经室集四集·诗》卷五）

注 释

[1]弭节：指驻节，停车。　　[2]纬耒：耕织。纬指织布时用梭穿织的横纱，编织物的横线，与"经"相对；耒是古代的一种翻土农具。

赏 析

　　嘉庆五年，海寇大举袭扰浙东沿海，阮元赶赴台州督军征剿，此诗应作于此间。诗人先从古老壮阔而又沧桑的台州城入笔，再写农民辛劳期待丰收和将士戍边渴望和平的心境，转而借麦子担忧春雪厚、帆船忧虑海云深，暗示了社会的动乱和生活的不易，最后感慨世事纷繁复杂，而理想中的宁静之地——天台山，似乎难以寻觅。整首诗通过描绘自然景色和农人、将士的生活，展现了诗人对民生、国家和社会现实的深刻关注，以及对和平宁静生活的追求。全诗语言质朴，意境深沉，富有感染力。

魏 源

魏源(1794—1857),字默深,湖南邵阳人。晚清启蒙思想家、政治家、文学家,是近代中国"睁眼看世界"的文人之一。撰有《书古微》《诗古微》《老子本义》《圣武记》《元史新编》《海国图志》等。自幼酷爱山水,曾两度登临天台山,写有《天台纪游六首》《天台山杂诗五首》《天台石梁雨后观瀑歌》等。

天台山杂诗五首(其三)

一转一庵出,无时无水声。
是庵皆树色,何树不蝉鸣。
习定猿无影,闻钟月乍生。[1]
此间寒拾地,凡圣浩纵横。[2]

(《古微堂诗集》卷八)

注 释

[1]习定:一种修炼法门,指养静以止息妄念。猿:即心猿,佛教用语,喻攀援外境,浮躁不安之心有如猿猴。 [2]寒拾:指唐代隐居天台的寒山子和国清寺僧拾得。佛家喻为文殊菩萨与普贤菩萨的化身。雍正

皇帝曾敕封寒山、拾得为"和合二圣"。民间称为"和合二仙""和合神"。凡圣：佛教用语。谓凡夫与圣者。佛家小乘初果以上、大乘初地以上，皆为圣者；自此而下，未断惑证理之人，皆是凡夫。

赏 析

　　天台素有"山水神秀，佛宗道源"之誉。该诗首句即表明天台寺庵之多、山水之美。诗中通过对水声、树色、蝉鸣、钟声、明月等景物的细致描绘，营造出宁静清幽且充满禅意的环境氛围，令人顷刻间排除杂念、修心养性。尾联指出这里是唐代诗僧寒山与拾得曾经栖居的地方，凡夫与圣人都可在此自在逍遥地生活，悠然自得，超脱尘世。全诗语言简洁而富有韵味，勾勒出丰富的画面和深刻的意境，蕴含着诗人对佛教文化和修行境界的思考与感悟，情感上既有对宁静生活的追求，也有对人生哲理和精神境界的探寻。

蒲 华

蒲华（1832—1911），原名成，字作英，号胥山野史，浙江嘉兴人。晚清著名画家和诗人。艺术成就名噪海内外，与任伯年、吴昌硕、虚谷并称"海派四杰"，为清末海上画派先驱之一。同治、光绪年间曾流寓台州、温岭。

题新庵壁

空山春尽忆梅花，呼伴登楼日已斜。

一勺清泉消酒渴，顽僧为煮雨前茶。

（《花山志》卷三）

赏 析

蒲华于同治四年（1865）二月来到温岭。同治六年三月二十三日，他与温岭文士王东羲等游泉溪梅花洞，题诗于新庵寺院墙壁之上。多年来，温岭人视其为名山古寺添馨生色的珍宝，保存至今。该诗以清新脱俗的语言，描绘了一幅宁静深远、清幽闲雅的山庵景象。诗中用词简洁，如"空山""一勺"等，画面感极强，充满闲适的生活意趣。通过忆梅、登楼、消渴、煮茶等情节，展现出一种远离尘嚣、宁静惬意的生活状态,反映了诗人追求自然、淡泊名利的思想,以及对高洁品质的向往。

清 蒲华 墨竹图(局部)

参考文献

B

《白居易诗集校注》，中华书局 2006 年版
《宝纶堂外集》，上海古籍出版社 2010 年版

C

《沧浪先生吟卷》，明正德刻本
《曹唐诗注》，上海古籍出版社 1996 年版
《草雅堂集》，中华书局 2008 年版
《茶山集》，清乾隆中刊武英殿聚珍版丛书本
《陈克诗词集注》，西泠印社出版社 2023 年版
《陈子龙全集》，人民文学出版社 2011 年版

D

《戴复古诗集》，浙江古籍出版社 2012 年版
《丁卯集笺证》，中华书局 2012 年版
《东里诗集》，明嘉靖二十九年黄如珪刻本
《杜工部集》，民国商务印馆景印续古逸丛书本
《杜荀鹤诗》，中华书局 1959 年版

F

《范成大集》，中华书局 2020 年版

《方孝孺集》，浙江古籍出版社 2013 年版

G

《古灵集》，四库全书本

《古微堂集》，朝华出版社 2017 年版

《顾华玉集》，四库全书本

《顾况诗集》，江西人民出版社 1983 年版

《贯休诗歌系年笺注》，中华书局 2011 年版

光绪《黄岩县志》，清光绪刊本

光绪《仙居县志》，同济大学出版社 1990 年版

《桂洲诗集》，明嘉靖二十五年曹忭杨九泽刻本

H

《寒山诗注》，中华书局 2000 年版

《寒山子诗集》，上海涵芬楼借常熟瞿氏铁琴铜剑楼藏高丽刊本

《汉滨诗余》，强村丛书本

《花山志》，浙江大学出版社 2020 年版

《黄梨洲诗集》，中华书局 1959 年版

《黄绾集》，上海古籍出版社 2014 年版

J

嘉定《赤城志》，明万历刻本

《贾岛集校注》，中华书局 2020 年版

《巾子山志》，中国文史出版社 2005 年版

《锦绣万花谷续集》，宋刻本

《敬所文集》，明万历元年刘良弼刻本

L

《李德裕文集校笺》，中华书局 2018 年版
《李绅集校注》，中华书局 2009 年版
《李太白全集》，中华书局 1977 年版
《李孝光集校注》，浙江古籍出版社 2016 年版
《梁溪遗稿》，清光绪常州先哲遗书本
《两宋名贤小集》，四库全书本
《林和靖集》，浙江古籍出版社 2012 年版
《林景熙集补注》，浙江古籍出版社 2012 年版
《临淮诗集》，清康熙四十一年洞庭席氏琴川书屋刊唐诗百名家全集本
《刘伯温集》，浙江古籍出版社 2011 年版
《刘随州集》，上海古籍出版社 1993 年版
《楼钥集》，浙江古籍出版社 2010 年版
《陆游全集校注》，浙江古籍出版社 2015 年版
《骆临海集笺注》，中华书局 1961 年版

M

《梅溪王先生文集》，景上海涵芬楼藏明正统刊本
《梅尧臣集编年校注》，上海古籍出版社 1980 年版
《孟浩然集》，江苏凤凰文艺出版社 2020 版
《孟浩然诗集校注》，中华书局 2018 年版

《牧斋有学集》，上海书店 1989 年版

O

《欧阳修全集》，中华书局 2001 年版

P

《盘洲乐章》，民国十一年归安朱氏刊强村丛书本

Q

《钱起集校注》，浙江古籍出版社 2015 年版
《清闷阁集》，西泠印社出版社 2012 年版
《清诗纪事》，凤凰出版社 2004 年版
《清苑斋集》，明汲古阁景钞南宋六十家小集本
《庆湖遗老集》，民国九年南城李氏宜秋馆刻宋人集本
《权德舆诗文集校注》，上海古籍出版社 2008 年版
《全宋词》，中华书局 1965 年版
《全唐诗》，中华书局 1960 年版

R

《任藩小集》，清康熙四十一年洞庭席氏琴川书屋刊唐诗百名家全集本

S

《沈佺期集校注》，中华书局 2001 年版
《司马温公集编年笺注》，巴蜀书社 2009 年版
《松陵集》，凤凰出版社 2015 年版

《宋诗纪事补遗》，清光绪刻本

《宋之问集校注》，中华书局 2001 年版

《苏轼诗集》，中华书局 1982 年版

T

《唐五代诗全编》，上海古籍出版社 2024 年版

《天台前集》，上海商务印书馆 1934 年版

《天台胜迹录》，明仙居林应麒校刊本

《天台续集》（宋元浙江方志集成），杭州出版社 2009 年版

W

《王安石诗笺注》，中华书局 2021 年版

《王冕集》，浙江古籍出版社 2012 年版

《韦应物集校注》，上海古籍出版社 1998 年版

《委羽居士集》，1915 年黄岩杨氏刊台州丛书后集本

《文天祥诗集校笺》，中华书局 2017 年版

《文苑英华》，中华书局 1966 年版

《吴梅村全集》，上海古籍出版社 1990 年版

《吴悟斋先生摘稿》，明刻本

《五岳游草》，中华书局 2006 年版

X

《仙居县集》，清光绪二十年木活字印本

《项斯诗集》，清康熙四十一年洞庭席氏琴川书屋刊唐诗百名家全集本

《小仓山房诗集》，浙江古籍出版社 2015 年版

《谢康乐集》，明万历十一年沈启原刻本

Y

《揅经室集》，商务印书馆 1937 年版

《杨万里诗集笺注》，中华书局 2007 年版

《渔洋诗集》，齐鲁书社 2007 年版

《元诗选二集》，中华书局 1987 年版

《元稹集》，中华书局 2010 年版

Z

《张苍水集》，中华书局 1959 年版

《张籍集系年校注》，中华书局 2011 年版

《止止堂集》，中华书局 2001 年版

《昼上人集》，民国商务印书馆四部丛刊景宋钞本

《朱庆馀诗集》，南宋临安府陈宅经籍铺刊本

《朱熹集》，四川教育出版社 1996 年版

《烛湖集》，清乾隆文渊阁四库全书本

后 记

《文采说台州》是由中共浙江省委宣传部策划、中共台州市委宣传部组织实施的文化项目。旨在呈现台州作为"唐诗之路目的地"的奇秀风光、璀璨文化和悠远历史，以及一脉相承的"山的硬气、海的大气、水的灵气、人的和气、拼的豪气"。精选历代吟咏台州诗词一百首，以经典优先、名家为主、贯通文脉、彰显特色的原则，做到覆盖全域、兼顾内外、统筹人事，以期全面展示台州诗歌史的洋洋大观、恢弘大气和微言大义，为在弘扬中华优秀传统文化，推动浙江诗路文化和宋韵传世工程中彰显台州风华。

台州卷的选录，其范围包括台州市所辖椒江、黄岩、路桥三区，临海、温岭、玉环三市，天台、仙居、三门三县古代相关诗词作品。诗作先由各地宣传部组织专家进行初选，然后由编委会同专家进行多轮筛选确定。所选作品主要为历史上留存的具有较高知名度、影响力的古诗词，包括台州本籍和他籍诗人书写台州的作品，内容着重描写台州神奇的自然风光、独特的民俗风情、丰富的特色风物、厚重的人文风韵。在筛选过程中，我们查阅了台州史上著名的诗词选本，如《天台集》《三台诗录》《三台词录》及《风雅遗闻》《三台诗话》等，并参考了各地近年来的选本，如《椒江历代诗词选》《黄岩历代诗词选》《路桥历史诗词选》《中国历史文化名城临海·诗词卷》《温岭遗献录·诗集》《温岭历代诗词精华》《玉环古诗选》《榴岛诗札》《天台山诗联选注》《天台山诗选》《天台山唐诗总集》《仙乡歌吟——仙居风景名胜古诗词集》《三门诗词选》等，同时借助中国诗词库、全唐诗、全宋词等数据库，增收了部分名人诗作，做到披沙剖璞，取精用宏。

  在编排上，按照朝代与作家的生年先后排序。所选诗词以经典的通行文本为主，择善而从。入选作者简要介绍生卒、字号、生平履历、文学成就、著述情况，着重介绍与台州的联系。每首诗词均设注释和赏析，注释重在作品的人名、地名、典故、专称以及疑难字词释义，力求通俗畅达，简明扼要；赏析简要阐述作品的产生背景、思想内容、艺术特色，力求提纲挈领，要言不烦。

  本册由林大岳主编，统筹、筛选诗词篇目，查找出处。书稿分工撰写，张密珍负责天台、玉环相关的诗词，林大岳负责台州、椒江、黄岩、路桥、三门相关的诗词，徐媛苹负责临海、温岭、仙居的诗词，最后由林大岳统稿、修改，钱琳进行了校对。徐三见、胡正武、高平、何方形、吴茂云等先生作为顾问对本书的编撰进行了全程指导，并提出了很多建设性意见。

  本书得以完成，特别感谢中共台州市委宣传部的指导与协调，感谢浙江古籍出版社的支持与协作，保证了本书质量和顺利出版。由于时间仓促，难免出现各种错漏，恳请读者批评指正。

本册编写组
2024 年 11 月

图书在版编目（CIP）数据

文采说台州：台州 / 丛书编写组编． -- 杭州：浙江古籍出版社，2024.11. --（诗话浙江）． -- ISBN 978-7-5540-3195-7

Ⅰ．I222.72

中国国家版本馆CIP数据核字第20248CQ528号

诗话浙江
文采说台州
丛书编写组 编

出版发行	浙江古籍出版社
	（杭州市拱墅区环城北路177号 电话：0571-85176989）
责任编辑	奚 静
责任校对	叶静超
封面设计	张弥迪
责任印务	楼浩凯
照 排	浙江新华图文制作有限公司
印 刷	浙江新华数码印务有限公司
开 本	880mm×1230mm 1/32
印 张	8
字 数	170千字
版 次	2024年11月第1版
印 次	2024年11月第1次印刷
书 号	ISBN 978-7-5540-3195-7
定 价	42.00元

如发现印装质量问题，影响阅读，请与本社印制部联系调换。